Linde Richter

**Der tote Atem des Wassers**

Kriminalroman

Linde Richter

# Der tote Atem des Wassers

Kriminalroman

# Impressum

Bibliografische Information der Deutschen Nationalbibliothek: Die Deutsche Nationalbibliothek verzeichnet diese Publikation in der Deutschen Nationalbibliografie; detaillierte bibliografische Daten sind im Internet über http://dnb.dnb.de abrufbar.

Autorenfoto:          Gabriela Leonhardt
Coverentwurf:         Jelle Olsman

Verlag: BoD · Books on Demand GmbH, In de Tarpen 42,

22848 Norderstedt

Druck: Libri Plureos GmbH, Friedensallee 273, 22763 Hamburg

ISBN: 978-3-7693-0968-3

## *Liebe Leserin, lieber Leser,*

den Lac du Der-Chantecoq gibt es wirklich, das kleine charmante Dorf am „Meer in der Champagne" auch.

Auch die drei gefluteten Dörfer hatte es einst gegeben, und ihre Namen werden in dem Stausee Lac du Der-**Chantecoq** und in den Dörfern Giffaumont-**Champaubert** und Sainte Marie du Lac-**Nuisement** gespiegelt, um niemals vergessen zu werden.

Aber der Nobelhügel in dem Neubaugebiet ist einzig meiner Fantasie entsprungen, wie auch die Handlung und die Personen frei erfunden sind. Ähnlichkeiten mit lebenden oder verstorbenen Persönlichkeiten sind rein zufällig.

Als Fußnote und auf Seite 186 finden Sie die Übersetzungen der französischen Worte.

# Prolog

*Alles war umsonst gewesen: die lauten Proteste, die vielen Eingaben, die wütenden Aufmärsche, und vor 2 Wochen machten sich 6 Pferdewagen aus den Bauernhöfen von Chantecoq, Nuissemont und Champaubert auf den langen Weg bis vor die Bezirksstadt. Léon war auch dabei. Und auch die vier größten Bauern aus Giffaumont, Les Grandes Cotes, Eclaron und Arrigny hatten sich mit ihren Traktoren auf den Weg gemacht. Die Kolonne war den beschwerlichen Weg bis in die Bezirkshauptstadt getuckert und auch wieder zurück - umsonst! Die Wut und die Enttäuschung haben sich in unsere Seelen gefressen, aber wir haben verloren. Léon hat es nicht ertragen, und vor drei Tagen haben wir ihn zu Grabe getragen.*

Gedankenversunken klappte Charlotte das Tagebuch ihre Urgroßmutter Eugénie zu und schaute nachdenklich in den Himmel. Ein paar einsame Kraniche zogen vom See über das Dorf in die umliegenden Felder. Sie hatte gelesen, dass bis zu 200.000 Graukraniche im Frühjahr und im Herbst Zwischenstation am See machten, um sich für ihren langen Weg, vom Norden in den Süden und wieder zurück, die Bäuche vollzuschlagen. Ein paar, meist alte oder verletzte Vögel, blieben einfach das ganze Jahr über am See. Mensch und Vogel hatten sich aneinander gewöhnt, sodass sie nicht einmal mehr wegflogen, wenn ein neugieriger Tourist am Ackerrand anhielt, um Fotos zu schießen.

Sie hatte die Nacht durchgelesen, und ihre Gedanken verloren sich in der Morgendämmerung bis zu jenem heißen Frühlingstag, an dem alles begann …

Die Sonne knallte auf das Pflaster und reflektierte wieder zurück. Charlotte wurde gleich zweimal gebadet. Über ihre Haut hatte sich ein feiner Schweißfilm gelegt, und das Sommerfähnchen klebte ihr am ganzen Körper. Die Schwüle staute sich seit Tagen in diesem späten Frühling und wer konnte, blieb daheim.

Nach der Betriebsversammlung hatte man die Belegschaft nachhause geschickt. Sie wurden mit ein paar dürren Worten des Dankes vom Hoteldirektor verabschiedet; der Eigentümer ließ sich schon lange nicht mehr blicken. Viele waren sowieso nicht mehr übriggeblieben – und jetzt war endgültig Schluss.

Die Hotelvillen sollten abgerissen und ein Wohnturm mit Büros und Geschäften auf das begehrte Grundstück gebaut werden. Frankfurts Innenstadt boomte mit exklusiven, völlig überteuerten Wohnungen in schwindelerregender Höhe. Ein Trend, der seit ein paar Jahren von den Vereinigten Staaten bis nach Deutschland herüberschwappte.

Charlotte hatte gerne in dem kleinen, exklusiven Hotelkomplex mit den vier feinen Residenzvillen auf dem weitläufigen Parkgelände im schicken Westend der Stadt gearbeitet, aber der Hotelbetrieb starb jeden Tag ein bisschen mehr. Der zukünftige Investor hatte sich bereits einen Namen in der Mainmetropole gemacht, das Angebot war unverschämt hoch, und der Eigentümer griff schnell zu.

Im Prinzip wussten sie es schon seit Wochen. Seit Monaten kursierten die Gerüchte. Charlotte hatte die Hiobsbotschaft mit ihren Folgen lange vor sich hergeschoben, letztendlich völlig verdrängt. Wer früher gehen wollte, konnte gehen. Charlotte gehörte nicht dazu, sie blieb bis zum Schluss.

Die verbliebene Belegschaft war für die nächsten drei Monate bei vollem Gehalt freigestellt. Und wer fünf Jahre oder länger in dem Franchiseunternehmen dieser großen, amerikanischen Hotelkette beschäftigt war, bekam auch eine Abfindung. Charlotte hatte gerade erst das vierte Jahr ihrer Betriebszugehörigkeit in der Tasche, also ging sie leer aus.

Ungeduldig kramte Charlotte nach dem Schlüsselbund. Da, endlich. Sie öffnete den Briefkasten und konnte gerade noch den Wust Werbeprospekte auffangen, der aus dem Behälter quoll. Sie schnaufte ärgerlich, die drei Aufkleber mit „Bitte keine Werbung" kümmerte die Verteiler wenig. Die Kästen hingen in den betagten Stadthäusern meist in langen Reihen im Erdgeschoss oder, wie bei ihr, in der dunklen Toreinfahrt zum Hinterhof des alten Mietshauses. Bunte Prospekte und ein Haufen Wurfzeitungen lagen in dem überquellenden Papierkorb, auch in der gesamten Einfahrt verstreut. Charlotte bückte sich, sammelte den schmutzigen, zerfledderten Papierkram ein und schmiss ihn angewidert in die Tonne.

In der Souterrainwohnung war es angenehm kühl. Im Sommer kühl, im Winter kalt. Dafür überraschend günstig für eine 2-Zimmerwohnung mit Wohnküche und Duschkammer im Hinterhof eines alten Mietshauses, mitten in Sachsenhausen, Frankfurts angesagtem Stadtviertel im Süden der Stadt am Main.

Sie schleuderte die unbequemen Stadtschuhe von den Füßen. Erst eine Dusche oder erst den Papierkram aus dem Briefkasten? Sie entschied sich für ein Glas Eistee aus dem kleinen Kühlschrank und die Sichtung ihrer Post.

Ein namhaftes Hotel schickte ihre Bewerbungsunterlagen zurück, die sie auf gut Glück vor acht Wochen eingereicht hatte. „Leider haben wir uns gegen Ihre Bewerbung entschieden. Bitte nehmen Sie unsere Entscheidung nicht persönlich, bla, bla bla...". Sie kannte das schon zu Genüge: „Erfahrung" bedeutete in der Regel zu alt, „überqualifiziert" war meist der Einwand für zu teuer. Eine ihrer jüngeren Kolleginnen hatte ihr beim Mittagstisch gesteckt, dass man an der Rezeption gerne jüngere und damit billigere MitarbeiterInnen suche und sich im Übrigen heutzutage nur noch online bewerbe.

Nach ihrer anfänglichen Unbekümmertheit und vollmundigen Zuversicht – wäre doch gelacht, wenn sich mit ihren Qualifikationen in der Mainmetropole keine adäquate Stelle finden ließe – und einigen halbherzigen und in Folge abgeschmetterten Versuchen, hatte sie sich nur noch bei besagtem Hotel beworben, das ihr nun auch noch absagte. Danach hatte sie weitere Bewerbungen eingestellt; die ständigen Absagen waren einfach nur jämmerlich und deprimierend zugleich.

Sie begann den Haufen Papier zu sortieren. Das örtliche Blättchen brillierte hauptsächlich durch Anzeigen. Die spärlichen Artikel mit Lokalkolorit versteckten sich zwischen mehreren Inseraten – weg damit. Prospekte von Aldi, Lidl, Rossmann, Penny und einem unbekannten Autohaus – weg damit. Ein

Lottoanbieter, ein Bettelbrief von einer sozialen Einrichtung und eine SPD-Mitgliederwerbung – weg damit. Dazwischen lag noch ein Brief mit einer französischen Briefmarke.

Neugierig studierte Charlotte den Absender: ein *Maitre[1]* Millair aus einer unbekannten Stadt in der Champagne schickte ihr diesen Brief. Was wollte ein französischer Notar von ihr?

Sprachen waren in der Schule ihre Lieblingsfächer gewesen: Englisch sehr gut, Französisch gut, Spanisch als zusätzliches Wahlfach ebenfalls gut, und auch maßgeblich für ihre Entscheidung zu einer Ausbildung als Hotelfachfrau gewesen.

Der Notar schrieb ihr, dass sie das Haus ihrer Urgroßmutter Eugénie Moreau in der Champagne geerbt habe, und dass sie mit seinem Sekretariat einen Termin ausmachen müsse, um das Erbe anzutreten. Ihr persönliches Erscheinen sei zwingend notwendig.

Charlotte atmete tief durch. Bis eben hatte sie nicht einmal gewusst, dass sie eine Urgroßmutter in der Champagne hatte, und plötzlich war sie Besitzerin eines Hauses in Frankreich.

Sie griff zum Telefon: »Hallo Tante Henny, lange nichts gehört. Geht's dir gut?«

»Ja doch, Kindchen, es geht mir gut. Du weißt ja, der Kleine hält mich auf Trab, das hält mich jung und gesund.«

Bei Henriette wusste man nie, ob „Kindchen" ihre drei Söhne, ihre drei Schwiegertöchter oder ihre fünf Enkelkinder waren. Oder Charlotte, ihre Nichte und Patenkind. Das Alter spielte für Henriette Campe

---

[1] *Maitre = Notar*

dabei nur eine untergeordnete Rolle. Fakt war, dass die jüngere Schwester von Charlottes verstorbenen Mutter gnadenlos als Babysitter für ihren jüngsten Enkelsohn ausgenutzt wurde. Aber sie tat es gern und beklagte sich nie.

»Wo bist du?«

»Bei Winfried und Evelyn. Sie sind zur Hochzeit von Evelyns bester Freundin eingeladen. Die heiratet zum zweiten Mal, und stell dir vor, in dem schönen Hamburg. Ich passe derweil auf Robin auf.«

Robin war ein Nachzügler und mit seinen 13 Jahren das verwöhnte Nesthäkchen von Tante Hennys Sohn Winfried.

»Sag mal Tante Henny, wusstest du, dass ich eine Urgroßmutter in Frankreich habe?«

Auf der anderen Seite der Telefonleitung war es still.

»Tante Henny? Bist du noch dran? Hast du meine Frage gehört?«

Charlottes Ton wurde ungeduldig, und Henriette wusste, dass sie aus dieser Nummer nicht mehr herauskommen würde.

»Aber ja doch, Kindchen, deine Mutter hatte ganz am Anfang deiner Adoption sowas erwähnt. Von einer Urgroßmutter weiß ich allerdings nichts, nur von einer Großmutter«, Henriettes Stimme zögerte ein wenig, »die hatte dich nach deiner Geburt einzig unter der Vorgabe zur Adoption freigegeben, dass sie keinerlei Kontakt mit dir in Zukunft wünsche. Und das hat meine Schwester, also deine Adoptivmutter, immer respektiert.«

Charlotte konnte es nicht fassen. Abgründe taten sich vor ihr auf.

»Ich hatte eine Großmutter, die nichts von mir wissen wollte?«

»Tut mir leid, Kindchen, aber so war das. Was willst du denn jetzt machen? So ganz verstehe ich den Zusammenhang von einer Urgroßmutter zu deiner Großmutter nicht.«

»Ehrlich gesagt, ich auch nicht, Tante Henny. Aber ich habe eben erfahren, dass ich ein Haus in der Champagne geerbt habe. Nur, ich habe zurzeit wirklich andere Sorgen; ich bin gerade arbeitslos geworden. Das Hotel wird abgerissen, und so ein schicker Wohnturm soll auf dem Gelände gebaut werden. Ich weiß einfach nicht, was ich machen soll.«

»Aber Kindchen, das ist doch geradezu optimal«, Henriette sah immer nur das Positive im Leben, »du machst einen Termin mit diesem Notar, mietest dir ein Auto und ab geht's in die Champagne. Brauchst du Geld?«

»Ganz lieb von dir, Tante Henny, aber das Hotel hat mich für drei Monate bei vollem Gehalt freigestellt. Das geht schon.«

»Papperlapapp, was sind schon drei Monate. Morgen hast du 1.000 Euro auf deinem Konto. Die brauchst du schon alleine als Vorschuss für einen Mietwagen. Was ein Glück, dass du einen Führerschein hast. Und mach dir keinen Kopf wegen der Rückzahlung. Du, ich muss jetzt Robin vom Sport abholen. Halte mich auf dem Laufenden, ja? Tschüssi.«

Charlotte schaute auf ihr Handy. Das Display zeigte, dass ihre Tante aufgelegt hatte.

Irgendwie hatte Tante Henny recht. Sie musste was tun, das Leben ging weiter.

Die Fahrt war anstrengend gewesen. Sie hatte sich für die Bahn entschieden. Die Landschaft flog eintönig an ihr vorbei, und in der französischen Hauptstadt hätte sie sich beim Umsteigen fast verlaufen.

Auf dem *Gare de l'Est*[2]brodelte das Leben. Der Bahnsteig quoll fast über mit eiligen Menschen. Verschiedene Sprachen der Mitreisenden und quäkende Stimmen aus den überlasteten Lautsprechern machten eine Orientierung kaum möglich. Unter der gläsernen Kuppel tummelte sich ein Bistro neben dem anderen. Große Plakate und noch größere Bildschirme erschlugen sie mit Informationen, die sie nicht brauchte.

Charlotte suchte verzweifelt nach den blaumützigen, mit einem rotem Band versehenen Kopfbedeckungen der Beamten des *SNCF*[3], die allesamt durch Abwesenheit, wie vom Erdboden verschluckt, glänzten. Gepäckträger, um sich zu erkundigen? Fehlanzeige! Rucksacktouristen, Anzugträger, Mütter mit quengelnden Kindern, schicke Französinnen, und Menschen wie Du und Ich, alle hasteten wie ferngesteuert umher.

Charlotte stand verloren auf dem Bahnsteig.

Das Handy rettete sie, und sie sank erleichtert auf einen bequemen Sitzplatz des Regionalzuges, der sie ohne Umsteigen nach Vitry-le-François, der Unterpräfektur des Departements Marne, bringen würde.

---

[2] *Gare de l'Est = Ostbahnhof von Paris*
[3] *SNCF = staatliche Eisenbahn*

Nach insgesamt neun Stunden Reisezeit stand sie endlich vor der Kanzlei des Notars, gerade noch rechtzeitig zu ihrem Termin.

»Bitte nehmen Sie Platz, Madame Stetten. Mein aufrichtiges Beileid zum Tod ihrer Urgroßmutter und Ihrer Großmutter natürlich auch. Hatten Sie eine gute Fahrt?«

Charlotte war verwirrt. In dem Schreiben war von einem Testament ihrer Urgroßmutter die Rede, jetzt kam auch noch der Tod einer Großmutter ins Gespräch.

»Verzeihen Sie bitte, aber ich verstehe nicht ganz. Sie hatten geschrieben, dass ich das Haus meine Urgroßmutter geerbt habe. Was hat meine Großmutter, also ihr Tod, damit zu tun?«

Der Notar erklärte es ihr:

»Anhand der Aktennotizen meines Vorgängers hatte Ihre Urgroßmutter Eugénie Moreau nur ein Kind, einen Sohn, Léon, der früh verstarb, und sie holte ihre Schwiegertochter und ihre Enkelin, also Ihre Mutter, kurz nach seinem Tod zu sich ins Haus.

Ihre Großmutter hatte lebenslang ein verbrieftes Wohnrecht in dem Haus Ihrer Urgroßmutter. Und da Ihre Urgroßmutter schon lange tot ist, Ihre Mutter bei Ihrer Geburt verstarb und vor Kurzem Ihre Großmutter auch verstorben ist, sind Sie jetzt die alleinige Erbin dieses Hauses.

Ein etwas kompliziertes Erbrecht, das wir hier in Frankreich haben, ich weiß. Außerdem war es etwas schwierig, Sie aufzutreiben. Es hat eine Weile gedauert, bis wir Ihre Identität und Ihren Aufenthalt in Deutschland klären konnten.

Sie erben ein altes Haus, sehr schön gelegen auf einem hübschen Grundstück am Lac du Der-Chantecoq. Übrigens, falls Sie es verkaufen wollen, kann ich mich gerne darum kümmern. Die Grundstücke am See sind sehr begehrt.«

Charlotte schwirrte der Kopf.

»Nur damit ich das richtig verstehe: meine Großmutter ist erst kürzlich verstorben und deshalb greift jetzt ein Testament meiner Urgroßmutter, indem ich ihr Haus am See erbe, ist das richtig?«

»Ganz genau, und ein Sparguthaben Ihrer Urgroßmutter kommt mit einem hübschen Sümmchen noch hinzu. Mit dem Erbschein bekommen Sie das Geld von jeder Filiale der *Crédit Agricole*[4]ausbezahlt.«

Die Sekretärin der Kanzlei überreichte Charlotte einen dicken DIN A4-Umschlag mit allen beglaubigten Dokumenten, einen Schlüsselbund und eine Rechnung über 1.074,85 Euro Notariatsgebühren mit dem Vermerk, dass ein paar Nachforderungen noch möglich seien.

Dank Tante Henny musste sie ihr Konto erst einmal nicht überziehen.

»Und denken Sie daran, falls sie das Haus verkaufen möchten, wir übernehmen das gerne für Sie.«

---

[4] *Crédit Agricole = Landwirtschaftliche Genossenschaftsbank*

Die Route zum Lac du Der war auf großen Schildern, mit einem ansprechenden Logo, an jeder Straßengabelung ausgewiesen. Die Kilometer zogen sich durchs flache Land, vorbei an bestellten Äckern, niedrigen Eichenwäldern und unzähligen Kiesgruben. Die schnurgerade Landstraße wurde bald wellig, danach hügelig, und zum Schluss überquerte sie zahlreiche, kleine Flüsse. Endlich kam eine größere Wasserfläche in Sicht. Eine gut ausgebaute Straße führte an dem See entlang, ab und zu bog eine Auffahrt zu einem Deich mit einer fulminanten Aussicht auf 48 Quadratkilometer Wasser, soweit das Auge blickte. Der Verkehr hielt sich in Grenzen, die Luft flimmerte vor Hitze.

Die Klimaanlage schaffte die 32 Grad Außentemperatur nur bedingt. Der Peugeot 208 war der einzig verfügbare Kleinwagen in dem Portfolio des französischen Autovermieters gewesen, aber sie hatte keine Lust auf teure Limousinen, flotte Sportwagen oder schwere Geländewagen gehabt, also ignorierte sie den Zustand des älteren Vehikels und freute sich über den niedrigen Preis.

Als sie endlich in dem menschenleeren Dorf einen Mann in seinem Vorgarten werkeln sah, fragte sie ihn nach der Adresse. Er erklärte ihr umständlich, dass sie hier, in der Mitte des alten Dorfes, vollkommen falsch sei. Sie müsse in Richtung Hafen fahren, dort gäbe es Ferienhäuser und Neubaugebiete. Und da müsse sie hin.

Sie fuhr, wie von dem Mann angewiesen, bis zu einer abgeriegelten Anlage mit kleinen, aber gepflegten

Holzhäuschen, Reihe an Reihe. Charlotte stellte ihr Auto auf einen der ausgewiesenen Außenstellplätze und lief durch die unbewachte, halb geschlossene Schranke, die ein großes Schild „Privatgelände, betreten für Unbefugte verboten" zierte. Sie überlegte kurz und entschied, dass sie nicht zu den Unbefugten zählte.

Die Häuschen waren alle mehr oder weniger identisch gebaut. Es gab drei verschiedene Typen, die sich nur von der Größe unterschieden. Außer winzigen Terrassen mit ein paar Blumentöpfen darauf, bot sich kaum Grünes auf den kleinen Grundstücken. Man konnte praktisch von einem Haus in den Suppentopf des Nachbarn spucken.

Sie hatte sich ihr Erbe irgendwie anders vorgestellt.

Ein Gärtner arbeitete an einer Hecke in der Anlage, und sie fragte ihn nach der gesuchten Straße. Der schüttelte den Kopf.

»Da sind Sie hier falsch. Sie müssen weiter bis zu dem Gebiet der ganz alten Ferienhäuser fahren, und dann durch ein Neubaugebiet, dort finden Sie Ihre Straße.«

Schon in Vitry-le- François hatte Charlotte nach einigen vergeblichen Versuchen das komplizierte, fremde Navigationssystem aus dem Mietauto aufgegeben. Sie hatte es auch nicht wirklich gebraucht, denn der Lac du Der war bestens ausgeschildert. Inzwischen war sie aber so müde und genervt, dass sie über ihr Handy versuchte, die Straße zu finden. Das wollte sie immer wieder durch einen Weg schicken, der mit einem Bauzaun und einem großen dahinter liegenden Sandhaufen gesperrt war.

Endlich stellte sich ihr Handy um. Es schickte sie ein gutes Stück weiter, über einen kleinen Kreisel an einem Waldstück vorbei, bis zu einer Ferienhaussiedlung mit größeren Häusern und auch größeren Grundstücken. Ein weitläufiger Komplex mit Restaurant und Empfang warb für die Vermietung von Chalets. Die nette Dame an der Rezeption schickte sie in einem großen Bogen zu einer Straße, die am Wasser entlang zu einer weiteren Gruppe abseits gelegener Behausungen führte.

Wieder Ferienhäuser. Dieser Teil der Siedlung war offenbar in Privatbesitz, vielleicht aus den 80er oder 90er Jahren. Einige Quartiere machten einen verlassenen und verwahrlosten Eindruck und wirkten sehr ungepflegt. Ab und zu stand oder hing ein handgemaltes Schild „Zu vermieten" mit krakeligen Telefonnummern im Vorgarten oder am Haus. Charlotte quälte sich durch menschenleere Gassen, die in der Mitte eine tiefe, schmale Rinne für das Regenwasser hatten. Daneben verdichteten große Felsbrocken die Grundstücke und machten ein Umkehren unmöglich.

Ihr Erbe entpuppte sich mehr und mehr als Fehlgriff. Ihr war heiß, und sie war enttäuscht.

Plötzlich kamen Gebäude in Sicht, die nur durch brusthohe Hecken vom See getrennt waren. Diese wurden eindeutig ganzjährig bewohnt.

Und dann blickte man auf eine niedrige Anhöhe mit einer Handvoll Immobilien, die ganz sicher nicht die vorgeschriebenen 100 Meter Abstand zum See einhielten. Die ungewöhnlichen Anwesen, mit einem spektakulären Blick über das Wasser, mussten ein Vermögen wert sein.

Charlotte schaute entgeistert auf die Bauten, die unterschiedlicher nicht sein konnten. Man hatte den Eindruck, dass ein Haufen durchgeknallter Architekten ihre kühnsten Träume in einem Wettbewerb verwirklicht hatten.

Ein Glashaus auf Stelzen schien über dem Boden zu schweben. Eine Kreation aus Beton und Glas ähnelte einer überdimensionierten runden Pillendose mit Schwimmbad auf dem Dach. Wieder ein anderes war ein Kubus, der nur auf der Seeseite verglast war, und bei einem weiteren tanzte die Hälfte des oberen Stockwerkes in der Luft. Ein Landhaus im amerikanischen Kolonialstil mit einer rundum verlaufenden Veranda und wuchtigen Säulen dominierte zwischen alten Kastanienbäumen.

Alle Anwesen schienen spöttisch auf die Normalsterblichen zu ihren Füßen herunterzublicken.

Eine schmale Grasfläche trennte auf der linken Seite mehrere neuzeitliche Häuser von diesen futuristischen Schöpfungen. Zwei fielen in ihrer Bescheidenheit völlig aus dem Rahmen: ein einfacher Bungalow mit einem kleinen Garten am Ende der Straße und auf der Seeseite ein etwas abseits gelegenes Fachwerkhaus, das den Schriftzug *„Souvenir engloudi*[5]*"* trug.

Charlotte atmete auf, den Schriftzug hatte sie in den Unterlagen gelesen, das also war ihr Erbe.

Der Nachlass entpuppte sich als betagtes Fachwerkhaus in L-Form, mit einer vorderen Terrasse und einem Vorgarten sowie einem nach hinten gelegenen Grundstück. Von der hinteren Terrasse hatte man einen atemberaubenden Blick auf den See. Das

---

[5] *Souvenir engloudi = versunkene Erinnerung*

Grundstück war mit schattigen Obstbäumen bepflanzt und die Büsche sorgsam gestutzt.

Links vom Haus schloss sich ein Wald an, der wieder in das alte Dorf zurückführte. Ein mit Baupaletten verrammeltes Gartentor führte von ihrem Grundstück direkt in den Wald.

Der See flimmerte und glitzerte im Sonnenlicht. Die Lage war beeindruckend. Kein Wunder, dass der Notar ihr beim Verkauf des Hauses behilflich sein wollte.

Der Vorgarten sah seltsam gepflegt aus. Am Zaun blühten Kaskaden pastellfarbiger Wicken, um die Eingangspforte zog sich ein pinkfarbiger Rosenbogen. Der Rasen war gemäht, auf der kleinen Terrasse vor dem Haus standen helle Gartenmöbel und blühende Blumenkübel. Charlotte wunderte sich. Ihre Urgroßmutter war schon lange tot, und nach Auskunft des Notars war ihre Großmutter ebenfalls schon vor einer Weile verstorben. Wer kümmerte sich hier um das Haus?

Sie stocherte mit den Schlüsseln erst im Gartentor, dann an der Haustür herum. Am Schlüsselbund hingen mehrere Schlüssel, und endlich passten zwei davon.

Im Haus roch es muffig, und sie riss alle Fenster und Fensterläden weit auf. Die Hitze strömte in das Haus und ließ unzählige Staubkörnchen im Licht flimmern.

Die Siebzigerjahre erschlugen sie fast. In der offenen Wohnküche standen ein Gasherd mit Propangasflasche und ein alter Kohleherd. Einbauschränke, Regale, und ein größerer Resopaltisch mit sechs Stühlen füllten den geräumigen Raum. In einer Ecke standen ein abgenutztes Sofa und ein altmodischer Kühlschrank. Eine imposante Flügeltür führte auf die hintere Terrasse, und ein großes Fenster neben der Eingangstür, die nur durch eine halbhohe, offene Fachwerkwand vom Eingang zur Küche getrennt war, brachte noch mehr Licht in den Raum.

Sie wurde fast sentimental, als sie einen Teekessel auf dem Gasherd entdeckte, der noch mit Wasser gefüllt war.

Neugierig schlenderte sie durch das Haus. Rechts neben der Wohnküche befand sich ein bürgerliches Wohnzimmer und ein neuerer Anbau mit einer kleinen Kammer, die eine Tür zum Vorgarten und ein Fenster zur Straße hatte. In dem Jungmädchenzimmer stand ein Bett, neben dem sich ein Einbauschrank versteckte. Dazu ein Tisch, vor dem ein Stuhl stand, eine hübsche Kommode, darüber ein kleiner Spiegel. Damit war die karge Möblierung der Kammer komplett.

Auf der anderen Seite der geräumigen Wohnküche gab es mehrere Räume: ein bescheidenes Esszimmer, direkt gefolgt von einem komplett leeren Raum. Ein lichtdurchfluteter Erker ersetzte einen Flur, der in ein schlichtes Bad mit Dusche führte, danach schloss sich ein möbliertes Schlafzimmer an, einst modern und jetzt nur noch retro.

Dahinter lagen eine zugemüllte Rumpelkammer und eine Scheune, in der ein abgedecktes Auto stand. Vorsichtig lüftete Charlotte die Abdeckung über dem Auto. Unter dem Plastik versteckte sich ein betagter Renault R4, auf den ersten Blick noch recht gut erhalten. Der Kastenwagen hatte trotz der Plane eine dicke Staubschicht, wie auch die Werkzeuge in den Regalen an den Wänden. Ein in die Jahre gekommenes

Damenfahrrad lehnte zwischen verschiedenen Gartengeräten, und ein imposanter Mähbenziner und mehrere leere Obst- und Gemüsesteigen standen wahllos verteilt in der Scheune herum. Auf der einen Seite der Wand stapelte sich sorgsam aufgeschichtetes Brennholz.

Sie kehrte in das Haupthaus zurück. Und entschied, in dem Jungmädchenzimmer zu übernachten. Das musste das Zimmer ihrer Mutter gewesen sein. Sorgsam inspizierte sie den Wandschrank und die Kommode. Alles leer bis auf etwas Bettwäsche, die in der Kommode einsortiert war. Charlotte stellte ihre Reisetasche auf den Stuhl und bezog das Bett mit der muffig riechenden, mürbe gewaschenen und sorgsam gebügelten Leinenwäsche aus der Wäschekommode.

Müde setzte sie sich an den Küchentisch und überlegte, was sie als nächstes tun sollte. Der Notar hatte ihr gesagt, dass sie sich im Rathaus melden müsse. Dort würde man ihr alles Notwendige erklären.

Es klopfte hart am Küchenfenster, dann riss jemand an der Türglocke. Sie ging ans Fenster. Draußen standen drei Männer. Zwei trugen Uniform, der dritte war ein altes, dünnes Männchen mit einer Baskenmütze auf dem Kopf.

»Madame, öffnen Sie bitte, hier ist die Polizei.« Geballte Autorität sprach aus der Stimme.

Charlotte öffnete das Küchenfenster. Das klemmte, und erst als sie den Riegel verkehrtherum drehte, öffnete sich die altmodische Verriegelung.

»Ja bitte, kann ich Ihnen helfen?«

»Guten Tag Madame, Ihr Nachbar hat uns gerufen, weil er sich Sorgen macht, da sich offenbar Fremde im Haus von Madame Moreau aufhalten. Darf ich fragen, wer Sie sind?«

Der Dorfpolizist war ein ansehnlicher Mann mit einem sorgfältig gestutzten Backenbart. Die Uniform stand ihm ausnehmend gut. Neben ihm stand ein stämmiger, pickeliger Jungpolizist, der seinen Kaugummi ständig von einer Seite zur anderen seiner Kauwerkzeuge schob. Seine Uniform kniff über Brust und Hüften wie eine stramm sitzende Wurstpelle.

Daneben funkelte sie ein kleiner, alter Mann böse an. Er zischte: »Was treibt sie da? Was macht die hier? Wer ist die Frau?«

Charlotte erklärte ihre Identität.

Der ältere Polizist war extrem höflich: »Pardon Madame, aber können Sie das belegen? Verstehen Sie mich bitte nicht falsch, aber da könnte jeder kommen und behaupten, eine Verwandtschaft zu sein. Und außerdem, Sie sind keine Französin, nicht wahr?«

Der Jungpolizist zog ein Notizbuch aus seiner Brusttasche, klappte es mit Schwung auf und schrieb fleißig mit. Und tat sich wichtig.

Jetzt war es an Charlotte, sich zu ärgern: »Einen Moment bitte.«

Sie ging in den Anbau und holte den braunen DIN A4-Umschlag vom Notar. Sie fischte den Erbschein heraus und zeigte ihn dem Dorfpolizisten, zusammen mit ihrem Personalausweis.

»Genügt das?«

Der alte Mann versuchte, in dem Dokument zu lesen.

»Gawain, ich bitte dich, das ist vertraulich.«

Der Uniformierte verhinderte die Einsicht und schubste den alten Mann leicht weg. Dann studierte er die Unterlagen, schaute ihr prüfend ins Gesicht.

»*Excusez-moi, madame*[6]. Das hat alles seine Ordnung. Wir entschuldigen uns für die Unannehmlichkeiten, aber Ihr Nachbar war besorgt. Er ist nur seiner Bürgerpflicht nachgekommen. Ich wünsche Ihnen noch einen angenehmen Tag.«

Er gab ihr die Unterlagen zurück. Dann packte er den alten Mann am Ellbogen und zerrte ihn weg. Charlotte konnte noch hören, wie er auf den Mann einredete und ihm ihre Identität erklärte.

Na Bravo, ihre Ankunft wurde bereits mit Argusaugen verfolgt und sie hatte, kaum angekommen, schon die Polizei am Hals.

Am späten Morgen fielen ihr die Sonnenstrahlen voll ins Gesicht. Sie hatte vergessen, die Vorhänge zuzuziehen. Am Abend war sie wie ein Stein ins Bett gefallen, konnte aber lange nicht einschlafen. Die ungewohnte Stille hatte sie wie gesponnene Seide umhüllt, und ihre Gedanken fingen an zu fliegen.

Charlotte dachte etwas wehmütig an die Frankfurter Innenstadtgeräusche, die selbst in der tiefsten Nacht niemals ganz aufhörten. Und für sie wie ein Wiegenlied klangen.

---

[6] *Excusez-moi, madame = Entschuldigen Sie bitte, gnädige Frau.*

Von fern hörte sie das Scheppern der Hausglocke. Dann ein Klopfen am Küchenfenster, dann ein Rufen von der Terrasse.

»Hallo, ist da jemand zuhause, hallo?«

Eine attraktive Dunkelhaarige ging durch den Vorgarten und klopfte an jedes Fenster, auch an das Fenster ihres Schlafzimmers in dem kleinen Anbau.

»*Bonjour*[7], ich bin Maryse, Ihre Nachbarin ein Haus weiter. Oh, habe ich Sie geweckt? Ich habe gestern Ihren Besuch gesehen und wollte nur fragen, ob ich irgendwie behilflich sein kann?«

Die Nachbarin gab sich bescheiden und entschuldigte sich wortreich.

»Verzeihen Sie bitte, aber ich habe Gawain mit unseren Dorfpolizisten vor Ihrem Haus stehen sehen. Nehmen Sie ihm das nicht krumm, dass er gleich die Polizei gerufen hat. Wissen Sie, Gawain war mit Ihrer Großmutter eng befreundet und hat sich nach ihrem Tod liebevoll um das Grundstück gekümmert.«

Charlotte wunderte sich. Der Dorfklatsch musste sich in Windeseile verbreitet haben, denn ihre Nachbarin schien über ihre Identität bestens Bescheid zu wissen.

Charlotte beeilte sich, die Frau in die Wohnküche zu bitten.

»Kaffee?«

»Ja, gerne.«

Maryse wohnte ein Haus weiter und kam nicht aus dieser Gegend. Charlotte erkannte unschwer den Singsang ihres Pariser Akzents.

---

[7] *Bonjour = Guten Tag*

»Mein Mann hat in dieser Gegend mit seinem Partnerbüro mehrere Häuser entworfen und auch gebaut. Wir haben uns relativ schnell entschlossen, hierher zu ziehen und die Hektik von Paris hinter uns zu lassen. Wir fühlen uns hier sehr wohl, und mein Mann kommt jedes Wochenende von seinem Büro aus Paris zu uns an den See.«

Ein leichter Schatten flog über das Gesicht der redseligen Nachbarin.

»Sie müssen wissen, wir haben zwei Kinder, Zwillinge. Aber im Herbst gehen sie in ein Schweizer Internat, und ich …«, ihr Blick verlor sich im Nichts.

Charlotte konnte sich gut vorstellen, dass eine Pariserin in dieser abgelegenen Umgebung sehr schnell einsam werden konnte.

»Wann sind Sie hierher gezogen?«

»Ich? Ach, das ist noch nicht allzu lange her. Aber mein Mann hatte sich schon während seines Auftrags hier umgesehen. Und plötzlich standen zwei nebeneinander liegende Bungalows zum Verkauf, und mein Mann griff zu. Die Grundstücke sind wegen ihrer einmaligen Lage sehr begehrt, wissen Sie. Er hat die alten Gemäuer abreißen lassen und für uns ein neues Haus gebaut. Außerdem war es für ihn praktischer, während seiner Auftragsarbeiten hier zu wohnen.«

Charlotte wunderte sich ein wenig. Der Ehemann von Maryse oder sein Partnerbüro mussten sehr gute Verbindungen haben, um an die begehrten Grundstücke zu kommen.

Maryse drehte etwas nervös an ihrem breiten Armreif, der fest ihr linkes Handgelenk umschloss.

Charlotte dachte sich ihren Teil: jetzt war es wohl praktischer für den Herrn Architekten, unter der

Woche in Paris zu arbeiten und mit all seinen Annehmlichkeiten und Ablenkungen auch dort zu wohnen, während sich seine Frau auf dem Land langweilen durfte.

Maryse war nicht dumm, sie ahnte Charlottes Gedanken.

»Wenn die Kinder in der Schweiz sind, werde ich mir eine Aufgabe suchen müssen. Im Sommer ist am See immer was los, aber im Winter …«

Sie schaute Charlotte direkt ins Gesicht.

»Werden Sie im Haus Ihrer Großmutter bleiben? Wir könnten Freundinnen werden.«

Ihre neue Nachbarin war sehr direkt und verschwendete keine Zeit. Sie hatte wohl große Angst, ab Herbst alleine auf dem Dorf zu versauern.

»Ich weiß es noch nicht. Ich habe noch keine Pläne. Ich habe eine Wohnung in Frankfurt, aber ich bin auch gerade arbeitslos geworden.«

Maryse klatschte in die Hände. »Das ist doch geradezu genial. Dann überlegen wir beide, ob wir etwas gemeinsam machen können. Was sind Sie von Beruf, wenn ich fragen darf?«

Das ging Charlotte viel zu schnell, und auch zu weit. Sie kannte die Frau nicht, und sie wusste nicht einmal, ob sie überhaupt hier leben wollte.

Maryse verstand, dass sie zu voreilig gewesen war.

»Entschuldigen Sie bitte mein Temperament, ich bin manchmal etwas vorschnell. Ich habe mich einfach nur gefreut, dass endlich jemand Nettes in meine Nachbarschaft zieht. Die Leute sind hier, wie soll ich es ausdrücken, etwas eigen. Sehr eigen sogar.«

Sie schenkte Charlotte einen bittenden Blick, »Wissen Sie was, kommen Sie doch heute Abend zum

Abendessen rüber, dann lernen Sie auch gleich die Zwillinge kennen«, der Schatten in ihrem Gesicht vertiefte sich, »die Zeit verfliegt so schnell, und im Nu ist es Herbst, und die beiden sind nicht mehr da.«

»Ein anderes Mal gerne, Maryse. Aber heute muss ich noch ein paar Formalitäten erledigen, und aus irgendeinem Grund war ich gestern Abend fix und alle. Ich fürchte, dass das heute ähnlich sein wird. Ein anderes Mal gerne, ja?«

Maryse war enttäuscht, aber sie nickte verständnisvoll.

»Das ist das Wasser und die Luftveränderung. Das wird mit der Zeit besser. Das kenne ich aus meinen Anfängen hier. Sie melden sich einfach, wenn es Ihnen passt, ja?«.

Charlotte gab sich geschlagen. Ihre Nachbarin würde nicht lockerlassen.

Das kleine Dorfamt, etwas großspurig als Rathaus beschildert, erwies sich kundenfreundlich. Die Sekretärin erklärte ihr, dass sie als Allererstes die ausstehenden Strom- und Wasserrechnungen bezahlen müsse, danach Versicherungen und Steuern.

Als sie Charlottes verzweifeltes Gesicht sah, meinte sie nur: »Ich kümmere mich darum. Kommen Sie in drei Tagen vorbei, dann gebe ich Ihnen alle Daten, die Sie benötigen. Und gehen Sie zu einer französischen Bank, und richten Sie sich ein Konto ein. Das werden Sie brauchen.«

Charlotte erkundigte sich nach der nächsten Filiale der *Crédit Agricole* und Einkaufsmöglichkeiten.

»Am besten fahren Sie ins nächste Städtchen. Dort finden Sie alles, was Sie brauchen. Aber über Mittag sind alle Geschäfte zu, und auch die Bank hat in der Mittagszeit geschlossen.«

Außer einer Büchse mit altem Kaffee und ein paar Teebeuteln hatte sie nichts Essbares in der Küche vorgefunden. Irgendein netter Mensch musste die verderblichen Lebensmittel nach dem Tod ihrer Großmutter entsorgt haben.

Etwa dieser seltsame Gawain?

Sie beschloss in die Dorfkneipe zu fahren. Irgendwas Essbares würde es dort wohl geben.

Schwaden abgestandener Gerüche schlugen ihr entgegen, als sie die Kneipentür „Zum hinkenden Hahn" öffnete. Schlagartig verstummte das Gemurmel der Männer am Tresen, die sich einen *„petit rouge*[8]*"* oder einen „*petit noir*[9]" genehmigten. Misstrauische Augen verfolgten sie, als sie sich an einen Fensterplatz setzte.

Sie fragte die Wirtin, ob sie etwas zu Essen bestellen könne.

Die mürrische Frau rief quer durch das Lokal in Richtung Tresen: »Ist noch was von der Schweinskopfsülze da, Philippe?«

In dem Durchgangsfenster zur Küche erschien ein kahlköpfiger, schwitzender Mann.

»Wer will das wissen, Lucille?«

»Die Enkelin von Magali ist da. Sie hat Hunger.«

---

[8] *petit rouge = kleines Glas Rotwein*
[9] *petit noir = kleine Tasse schwarzen Kaffee*

Ihre Großmutter hieß Magali, da war sie sich ganz sicher, und Charlotte fragte sich, ob inzwischen das halbe Dorf über sie Bescheid wusste.

»Sie können Schweinskopfsülze mit Bratkartoffeln haben, alles andere ist aus.«

Charlotte hätte sonst was gegessen. Sie hatte Hunger, hatte außer Kaffee seit der Zugfahrt nichts mehr zu sich genommen und bestellte ein Bier vom Fass zu ihrer Sülze.

Langsam kamen die Gespräche am Tresen wieder in Gang. Als sich einer der Männer umdrehte, erkannte sie den älteren Dorfpolizisten, diesmal ohne Uniform. Er hob das Glas und nickte ihr zu.

Eine Frau in einer bunten Kittelschürze und ausgelatschten Hauspantoffeln an den Füßen betrat den „Hinkenden Hahn" und ließ sich in einem mitgebrachten Krug Bier aus dem Zapfhahn füllen.

»Schreib's an, ja?«

Charlotte staunte. Das es sowas noch gab? Allein der Gedanke war in Frankfurt kaum vorstellbar.

Sie aß mit großem Appetit ihren Rohkostsalat als Vorspeise, den ihr die Wirtin wortlos vor die Nase stellte. Danach beäugte sie etwas misstrauisch die graue, weiche Schweinskopfsülze, umrahmt von fettigen Bratkartoffeln. Die dazu gereichte säuerliche Sauce aus Mayonnaise, gehackten Gürkchen und gekochtem Eigelb war pikant abgeschmeckt und rettete das unappetitliche äußere Erscheinungsbild.

Sie fragte nach einem Nachtisch.

Die Wirtin zeigte auf eine handgeschriebene Tafel, die Charlotte bisher nicht wahrgenommen hatte, auf der das Tagesmenü stand.

»Rhabarber-Apfelkuchen. Sie können noch Rhabarber-Apfelkuchen haben.«

»Gut, dann nehme ich Rhabarber-Apfelkuchen und einen großen Milchkaffee dazu, bitte.«

Die Wirtin schlurfte davon, ohne sie eines weiteren Blickes zu würdigen.

Als Charlotte ihre Rechnung beglichen hatte, machte sie sich eiligst davon. Der „Hinkende Hahn" war kein freundlicher Aufenthaltsort für alleinstehende Frauen, und wie es schien, für sie schon gar nicht.

Im Nachbarstädtchen gestaltete sich ihr Anliegen bei der Bank beschwerlicher als gedacht.

»Am besten machen wir einen Termin aus, und Sie sprechen in Ihrer Angelegenheit direkt mit unserem Filialleiter.«

Mehr war nicht drin.

Sie suchte nach einem Supermarkt. Es gab gleich drei davon, und Charlotte wählte den ihr geläufigen Lidl, in der Hoffnung, dort ein paar bekannte Produkte zu finden. Sie kaufte die notwendigsten Sachen ein, um die nächsten Tage ohne einen weiteren Besuch des „Hinkenden Hahns" zu überstehen.

Am Abend schaute sie lange in den Sonnenuntergang am See, und die Nacht verschlief sie auf der unbequemen Küchencouch.


Seine Faust donnerte krachend auf die polierte Schreibtischplatte, und die lose herumliegenden Kugelschreiber und Bleistifte fingen an zu tanzen. Er konnte seine Wut kaum zügeln.

Verdrossen schaute er durch die kahlen Büroscheiben auf den Hof. Sein Vorarbeiter scheuchte ein paar Arbeiter herum. Schnell hatte sich herumgesprochen, dass der Chef schlechte Laune hatte.

Er schnaufte durch die Nase wie ein Stier kurz vor dem Todesstoß. Sein schönes Projekt war in Gefahr, der ganze Plan drohte zu platzen. Alles was sein Vater eingefädelt und sie beide jahrelang aufgebaut hatten, konnte zunichte gehen. Seine besten Jahre hatte er damit verbracht, den Boden für den großen Coup vorzubereiten.

Alles schien in bester Ordnung, bis sie auftauchte. Blanker Hass kroch langsam durch seine Poren.

Er musste sich etwas einfallen lassen.

Charlotte hatte tief und fest bis zum nächsten Morgen durchgeschlafen, aber das Sofa war ziemlich unbequem gewesen und müffelte etwas. Sie beschloss, stattdessen den gemütlich aussehenden Ohrensessel aus dem Schlafzimmer in die Wohnküche zu holen, und zerrte die sperrige Couch über die vordere Terrasse in die Scheune. Dort war der einzige Platz, um das wuchtige Teil unterzustellen.

Der Sessel erwies sich als Glücksgriff. Er passte viel besser in die Wohnküche als die unschöne, durchgelegene Couch. Von dort hatte sie einen direkten Blick auf das Küchenfenster neben der Haustür, wie auch auf den See. Sie fand noch ein aufklappbares Winzertischchen in der Rumpelkammer, und nachdem sie es gründlich gesäubert hatte, stellte sie es neben den Sessel. In dem gemütlichen Sitzmöbel surfte sie in ihrem Mäusekino nach Nachrichten, begriff aber bald, dass es sinnvoller wäre, eine lokale Zeitung zu lesen. Der Winzertisch bettelte geradezu nach einer Leselampe, einer Zeitung und einem kleinen Radio.

Charlotte überlegte: Sie hatte eine Menge zu erledigen, und sie befürchtete, nach den Erfahrungen im Dorfamt und in der Bank, dass sie länger bleiben musste als gedacht. Warum also nicht hier Urlaub machen, bis alle Notwendigkeiten erledigt waren? Sie brauchte etwas Abstand von ihrem letzten Arbeitsplatz; die Monate der Ungewissheit, die Wochen der Auflösung des Hotels, hatten ihr zugesetzt. Und die Champagne war so gut wie jede andere Gegend, um ein paar Urlaubstage zu verbringen.

Auf ihrem Handy forschte sie nach, wo sie gelandet war.

Der Lac de Der-Chantecoq befand sich im mittleren Teil der Champagne, und die nächstgrößeren Städte waren fast alle gleich weit von ihrem Dorf entfernt. Der See lag in zwei unterschiedlichen Departements und nicht weit weg von einem dritten. Die Departements Marne und Haute Marne umschlossen 4.800 Hektar Wasser, und das Departement Aube war gleich um die Ecke. Sie hatte nicht den Eindruck, dass die Gegend dicht bevölkert war. Saint-Dizier in der Haute Marne hatte 25.000 Einwohner, Vitry-le-François in der Marne um die 13.000, gefolgt von Bar-sur-Aube mit nur 5.000 Einwohnern, der kleinsten Stadt in den drei Verwaltungsbezirken. Die Dörfer rund um den See waren wenig bevölkert; kein Wunder, dass sich die Pariserin Maryse etwas verloren vorkam.

Außerdem erfuhr sie, dass der See von 1964 bis 1974 künstlich angelegt wurde, um Paris vom

Hochwasser zu bewahren, und sich zwischenzeitlich zu einem beliebten Ausflugsort für Camper, vorzugsweise für Wohnmobilcamper, entwickelt hatte. Auf ihrer Fahrt zu ihrem Erbe war sie an großen Parkplätzen vorbeigekommen, die vorwiegend für Wohnmobile ausgerichtet waren.

Interessant, dachte Charlotte, aber nach meinem Geschmack nicht unbedingt eine Perle des Tourismus.

Rund um den See gab es im Sommer genügend Touristenattraktionen: ausgewiesene Rad- und Wanderwege, Badestrände, Segel- und Yachthäfen, Boutiquen, Restaurants, Sportstätten, Spielplätze, sogar ein Spielcasino, aber die Dorfmitte lag im Dornröschenschlaf. Die Siedlungen auch. Umso überraschter war sie, dass der See und seine Umgebung mit dem Prädikat „grüner Urlaub" ausgezeichnet waren. Es würde sich lohnen, die Gegend zu erkunden.

Aber zuvor wartete noch ein Haufen Arbeit auf sie. Das Jungmädchenzimmer ihrer Mutter würde ihr auf Dauer zu eng werden, auch wenn die anvisierte Zeit vielleicht nur kurz sein sollte. Sie beschloss, die altmodischen Möbel in dem Wohnzimmer neben der Kammer baldmöglichst zu entsorgen, um die Stube als ihren Schlafraum einzurichten.

Sie ging in Richtung Scheune; dort wollte sie dem alten R4 einen Besuch abstatten. Nach längerem Suchen fand sie den Autoschlüssel an einem rohen Brett neben der Eingangstür.

Aber der Wagen sprang nicht an.

Henriette hatte heftige Gewissensbisse. So heftige, dass sie ihre beste Freundin in der Schwäbischen Alb anrief, die seit ihrer Hochzeit in dieser pittoresken Kleinstadt lebte, die Touristen wie die Fliegen anzog.

»Ich bin immer noch bei Winfried und Evelyn, um auf Robin aufzupassen. Wie geht es dir?«

Susanne kannte ihre langjährige Freundin gut genug um zu wissen, dass dieser Einstieg nur einem schwerwiegenderen Thema gedacht sein konnte, zumal sie erst vor gut zwei Wochen miteinander telefoniert hatten.

Und richtig: »Können wir reden?«

»Na klar, hast du ein Problem?« Ein langes Seufzen bestätigte ihren Verdacht.

»Ich glaube, ich habe einen Fehler gemacht.« Wieder ein langer Seufzer.

»Komm zur Sache, Henriette.«

Und Henriette erleichterte ihr Herz: »Ich habe Charlotte von der Verpflichtung meiner Schwester und ihrem Mann erzählt, die diese verhängnisvolle Vereinbarung unterschreiben mussten, in der sie, Charlotte, niemals ihre französische Familie, insbesondere ihre Großmutter, kontaktieren dürfe.«

Susanne schwieg.

»Und die ist jetzt gestorben, und Charlottes französische Urgroßmutter hat ein Testament gemacht.«

Henriette erklärte Susanne die ganze komplizierte Erbschaftsangelegenheit: Charlottes Arbeitslosigkeit, ihr unerwartetes Erbe, ihre überhastete Fahrt in die Champagne.

»Ich habe einfach Angst, dass Charlotte tiefer gräbt, und der ganze Schlamassel ans Tageslicht kommt, verstehst du. All die Jahre haben meine Schwester und ihr Mann den Mund gehalten. Und mit dem Unfalltod der beiden dachte ich, dass endlich Gras über Charlottes Geburt wachsen würde. Und nun kommt so ein blöder Brief von so einem blöden Anwalt mit dieser blöden Erbschaft. Charlotte hat mir die Pistole auf die Brust gesetzt; ich musste auf ihre Fragen antworten.«

»Das ist ihr gutes Recht nach all den Jahren«, war die Antwort, »deine Schwester und dein Schwager hätten ihr schon längst die Wahrheit sagen müssen.«

»Ja, aber wie denn? Sie wussten doch selbst nur Bruchstücke über Charlottes Familie und über das Drama ihrer vorzeitigen Geburt. Diese ganze Adoption war in dieser Zeit nicht so wie heute. Da waren die Behörden froh, dass sie eine Waise untergebracht bekamen. Noch dazu von einer Ausländerin als Mutter und einem unbekannten Vater.«

Susanne beruhigte ihre aufgeregte Freundin.

»Hör mal zu, wenn Charlotte mehr über ihre Erzeuger erfahren will, dann macht sie das. So oder so. Du hast also genau das Richtige getan, nun mach dir mal keine Gedanken. Sag mir lieber, ob du jemanden kennst, der ein oder zwei Zimmer für meine Enkelinnen in Frankfurt vermieten kann. Die beiden haben dort einen Studienplatz ergattert. Hast du eine Idee?«

Henriette hatte weder eine Idee, noch Interesse an dieser Frage. Sie verabschiedete sich hastig. Henriette hatte einfach ein Riesenproblem an der Backe.

Wie Charlotte auch.

Der alte R4-Anlasser leierte und leierte, wollte einfach nicht anspringen.

Mist.

Letztendlich klopfte Charlotte bei der einzigen Person, die ihr vielleicht helfen konnte.

»Guten Tag Maryse, darf ich Sie etwas fragen? Ich glaube, ich brauche Ihre Hilfe.«

Das Haus war protzig. Anders konnte man es nicht bezeichnen. Ein weitläufiges, französisches Landhaus, sehr modern und in einem beige-rosa Ton verputzt. Das Haus passte irgendwie nicht zu Maryse.

Charlotte druckste herum. Es war ihr peinlich, nur um Hilfe zu bitten, anstatt den versprochenen Anstandsbesuch zu machen. Aber der Zweck heiligte die Mittel.

»Ich habe in der Scheune einen alten R4 stehen, der mir durchaus fahrtüchtig erscheint. Nur, er springt nicht an. Wissen Sie, wo ich jemanden finde, der sich das Auto mal anschauen könnte?«

Maryse strahlte sie an: »Na klar doch, da kommen nur die zwei von der Tankstelle am Ortsausgang in Frage. Zwei, die ihr Handwerk verstehen. Dominique und Claude haben zu ihrer Tankstelle auch eine Autowerkstatt und sind ein eingespieltes Paar«, sie zwinkerte Charlotte zu. »Glauben Sie mir, die können sogar einen abgewrackten Mähdrescher für ein Rennen in Le Mans fit machen.«

Sie schrieb ihr die Adresse auf einen Zettel.

»Wollen Sie einen Drink? Ich habe gerade ein paar Cocktails gemacht. Mein Mann muss jeden Moment kommen.«

Charlotte hatte, seitdem sie in Frankreich war, jegliches Zeitgefühl verloren. Es war Freitagabend, und Monsieur kam von Paris nachhause.

»Nein danke, ich will nicht stören.«

»Ach was, wir trinken jetzt erst einmal auf Bruderschaft, danach essen wir einen Happen zu dritt. Die Zwillinge sind bereits im Bett, und Gisbert freut sich auf jedes neue Gesicht in diesem Gott verlassenen Kaff.«

So deutlich hatte Maryse ihre Abneigung gegen das Dorf noch nie gezeigt. Offenbar hatte sie schon ein paar Mal an der Rezeptur der Cocktails genippt.

Charlotte schaute sich um. Das Haus saß, wie viele französische Landhäuser, auf einem aufgeschütteten Hügel, indem sich Garagen und Wirtschaftsräume verbargen, obenauf war das eigentliche Wohnhaus mit diesem in Mode gekommenen beige-rosa Verputz gesetzt. Das großzügig verglaste Wohnzimmer bot einen spektakulären Blick auf den See. Man spürte deutlich die Handschrift des Besitzers und Maryse fügte sich wie eine dekorative Skulptur in dieses Ensemble ein.

Haustürschlüssel klapperten.

»Wir haben Besuch, Liebling. Unsere neue Nachbarin ist da.«

Ein gepflegter, gutaussehender Mann kam auf sie zu und streckte Charlotte mit einem gewinnenden Lächeln die Hand entgegen.

»Herzlich willkommen, ich bin Gisbert und habe schon viel von Ihnen gehört. Es freut mich, dass wir uns endlich kennenlernen.«

Gisbert hatte tadellose Manieren, küsste seine Frau rechts und links an den Wangen vorbei und erkundigte sich nach den Kindern.

»Schade, dass die Zwillinge schon im Bett sind. Wir sind sehr stolz auf unsere beiden Söhne, und die zwei hätten sich bestimmt gefreut, Sie kennenzulernen. Auf der anderen Seite«, Gisbert lächelte Charlotte auf entwaffnende Art und Weise an, »haben wir ohne sie einen entspannten, gemütlichen Abend vor uns.«

Sie nahmen die Cocktails im Wohnzimmer zu sich und tranken zu dritt Bruderschaft.

Maryses Cocktails waren ebenso raffiniert wie das orientalisch gewürzte, kalte Hühnchen, das nur mit Baguette und Salat gereicht wurde. Dazu schenkte Gisbert einen gut temperierten Chablis ein.

Charlotte genoss den Abend mit dem exquisiten, leichten Essen, der anregenden Unterhaltung und einem spektakulärem Sonnenuntergang auf dem See.

Maryse hob – zum wievielten Mal? – ihr Glas: »Am Montag ist hier Sperrmüll. Hast du was zum Entsorgen? Das Zeug muss bis Sonntagabend auf dem Gehsteig stehen. Ich helfe dir gerne, und die Zwillinge auch. Und du, Gisbert? Würdest du auch mit anpacken?«

Charlotte dachte nach. Im Grunde war das noch viel zu früh, um das Haus zu entrümpeln. Anderseits konnte sie bei dieser Gelegenheit das hässliche Wohnzimmer räumen, und sich mit dem Bett aus der Jungmädchenkammer dort einrichten.

Gisbert zögerte einen Moment.

«Eigentlich wollte ich am Sonntagabend zurückfahren. Weißt du, ich bin gerne vor meinen Leuten im
Büro.«

Er überlegte, schien sich aber dann doch anders zu
entscheiden und versicherte den beiden Damen, dass
er selbstverständlich gerne mit anpacken würde.

Am nächsten Tag hatte sich Charlotte ein Ei gekocht,
zwei Toastscheiben in einer Pfanne geröstet und diese
dick mit der gesalzenen Butter bestrichen, die sie mit
allen anderen Lebensmitteln bei Lidl eingekauft hatte.
Zufrieden betrachtete sie ihren Frühstückstisch mit
dem Krug Rosen und Wicken aus dem Vorgarten.

Das heiße Wasser lief durch den Kaffeefilter, den
sie samt Filterpapier und Kaffeekanne in einem der
Einbauschränke vorgefunden hatte. Langsam schütte-
te sie das heiße Wasser nach. Sie konnte sich nicht erinnern, jemals zuvor ihren Kaffee auf diese Art und
Weise zelebriert zu haben.

Ein verführerischer Duft zog durch das Haus.

Sie überlegte: es war Wochenende. Was macht man
an einem solchen Wochenende? Man geht zum See,
selbstverständlich geht man zum See.

Die Organisatoren hatten sich zum 50jährigen Be-
stehen des Stausees etwas einfallen lassen. Den ganzen Sommer über wurden bunte Programme angeboten, zu Wasser und zu Land. Das gesamte Umfeld präsentierte sich aufgehübscht, und die Gastronomie
überbot sich an kulinarischen Genüssen. Fotoausstel-
lungen der 10jährigen Bauzeit wechselten mit Vorträ-
gen und Podiumsdiskussionen ab. Lokale Künstler

und Handwerker öffneten ihre Türen, um Einblicke in ihre Arbeit zu geben. Eine Fülle zusätzlicher kultureller Angebote und spektakulärer Sportevents sprengten fast die Veranstaltungskalender. Eines der Highlights war eine Bootsfahrt, wo ehemalige Bewohner der gefluteten Dörfer die Grundmauern ihrer versunkenen Häuser und Höfe in den Tiefen des Wassers entdecken konnten.

Es würde ein heißer Tag werden, aber an Badezeug hatte sie bei ihrer überhasteten Abreise nicht gedacht. Also zog sie die bequemen Snickers an, die Jeans, die sie schon seit ihrer Ankunft trug, und holte ein frisches T-Shirt aus ihrer Reisetasche. So gerüstet schwang sie sich auf das alte Fahrrad aus der Scheune, das nach seinem Fund nur noch aufgepumpt werden musste, und machte sich auf den Weg.

Es war schon fast Mittag, und am See standen lange Schlangen vor den Restaurants und der Grillhütte. Zwei boten in verglasten Vitrinen italienisches, selbstgemachtes Eis an, und auch davor standen die Menschen Schlange. Ein Blick auf die vielen bunten Sorten ließ Charlotte das Wasser im Mund zusammenlaufen. Wahnwitzig bunte Kreationen wie Eis mit Salzkaramell oder mit Erdnussbutter, Smarties, Marc de Champagne, Popcorn, Esskastanie, Chili, Pink Apero und anderes mehr, wie auch Klassiker mit Vanille, Schokolade, Zitrone, Himbeeren, Erdbeeren, schwarzen und roten Johannisbeeren, Wildkirsche oder exotischen Früchten erklärten den großen Andrang.

Charlotte kaufte sich zwei Bällchen mit Schoko-Sahne und Rosen-Joghurteis und schleckte die Köstlichkeit mit Hingabe von ihrem Hörnchen ab.

Und staunte: ein Fremdenverkehrsamt, Souvenirläden, Boutiquen mit bunten Sommerkleidchen sowie eine Kunstgalerie. reihten sich zwischen den Fresstempeln, Feuerspuckern, Gauklern und anderen Touristenattraktionen ein. Eine Band spielte live, etwas weiter sang ein Mann in Frack und Zylinder alte Chansons, begleitet von einer jungen, bunt gekleideten Akkordeonistin.

Davor thronte die moderne, überdimensionierte graue Silhouette des Spielcasinos. Auf der anderen Seite der Wasserpromenade flatterten Segel, und Schiffe schaukelten auf dem Wasser. War das etwa der schicke Yachthafen kurz vor ihrer Siedlung?

Rundum verteilten sich großzügige Parkplatzanlagen für PKWs, Wohnwagen und Wohnmobile.

Es herrschte ein fröhliches Gedränge und Gewimmel, und es roch nach Sonnenöl und verbrannter Haut.

Charlotte entdeckte an einer Kleiderstange vor einer Boutique mehrere Badeanzüge. Ein schlichtes, knallrotes Modell mit über Kreuz gebundenen Trägern am Rücken gefiel ihr, und nachdem sie es probiert hatte, kaufte sie das Teil. Sie war von dem günstigen Preis überrascht und kaufte noch ein großes Badetuch dazu.

Dann studierte sie die aufgestellte Tafel, auf der die umliegenden Dörfer, die Badebuchten und die Campingplätze verzeichnet waren.

Sie entschied, nicht den überfüllten Badestrand am Hafen zu nutzen und radelte zu einer kleinen, unscheinbaren Bucht, die nicht weit, aber reichlich versteckt, an einem Wäldchen lag. Das Schild „Baden verboten" ignorierte sie, und nach einem erfrischenden Sprung ins Wasser, streckte sie sich auf ihrem neu erworbenen Laken unter den schattigen Ästen eines Baumes aus. Die flirrende Sonne, das reflektierende Wasser und die entspannte Ruhe umschmeichelten ihre Sinne.

Sie nickte kurz ein.

Der Hunger überfiel sie wie ein grummelndes Raubtier, und sie beeilte sich nachhause zu kommen. Dort warteten eine Baguette, ein paar Tomaten, geräucherter Schinken aus der Auvergne und etwas Käse auf sie.

Und viel Arbeit. Sie wollte noch in der zugemüllten Rumpelkammer aufräumen und die Kleinteile in die Scheune stellen, bis sie Hilfe zum Raustragen bekam. Wenn sie das Haus verkaufen wollte, musste sowieso alles raus.

Zerbrochene Stühle, schadhafte Körbe, Kisten mit altmodischer Frauenkleidung, dazwischen eine durchgelegene Matratze und ein paar Kartons mit alten Zeitschriften versteckten einen kleinen Schreibtisch, der früher vielleicht einmal ein Frisiertisch gewesen war. An der Rückwand entdeckte Charlotte eine Art Halterung, an der man vormals einen Spiegel hatte befestigen können.

Sie schaute das zierliche Möbelstück näher an. Es passte so gar nicht zu der restlichen Möblierung im Haus und sie beschloss, den Schreibtisch erst einmal zu säubern. In der Küche wischte sie vorsichtig an der Spiegelhalterung herum, und es gab ein kleines, knackendes Geräusch. Charlotte tastete achtsam alle Unebenheiten ab, und plötzlich öffnete sich ein Raster an der Schreibtischplatte.

Als sich die Platte hob, verbarg sich darunter ein Hohlraum, der so lang und so breit wie die ganze

Tischplatte war. Darin lagen ein dicker Umschlag mit einem Sparbuch und Bankauszügen, schwarze Haushaltsbücher und ein kleines Kästchen mit vergilbten Fotos. Sie legte die Haushaltsbücher achtlos auf den Sessel und blätterte in dem Sparbuch. Seit 1963 hatte ihre Urgroßmutter jeden Monat eine bestimmte Summe deponiert, später das Sparbuch in ein Sparkonto umgewandelt und das Geld dort einbezahlt. Immer die gleiche Summe. Das erklärte ihr kleines Vermögen.

Dann breitete sie die Fotos auf dem Küchentisch aus. Ein Hochzeitsfoto, eins mit einem Baby in den Armen der jungen Frau, ein Soldat aus dem Ersten Weltkrieg, noch ein Soldatenfoto aus dem zweiten Weltkrieg. Die beiden Männer sahen sich ähnlich. Vater und Sohn? Ein kleines Mädchen an der Hand einer herrisch wirkenden Frau. Noch mehr Fotos von dem kleinen Mädchen. Ihre Familie?

Lange betrachtete Charlotte die Fotos von dem Kleinkind. Ob das ihre Mutter war?

Sie legte die Fotos zur Seite und betrat das Jungmädchenzimmer, indem ihre Mutter einst geschlafen hatte, um noch einmal alle Ecken akribisch nach einer Spur ihrer verstorbenen Mutter abzusuchen. Vergeblich.

In dieser Nacht kreisten ihre Gedanken um die Fotos. Sie konnte nicht einschlafen. Unaufhörlich musste sie an ihre unbekannte Familie denken. Der Strandsand rieb zwischen ihren Zehen und ein höllischer Sonnenbrand glühte auf ihrer empfindlichen Haut. Sie drehte sich von einer Seite zur anderen und ging schließlich in die Küche zu den Haushaltsbüchern, die vergessen auf dem Ohrensessel lagen.

Neugierig betrachtete sie die ungewohnten Schriftzüge, die ohne Rücksicht auf Linien und Tabellen durchgehend die Seiten füllten. Es waren die Tagebücher ihrer Urgroßmutter Eugénie.

Sie begann zu lesen:

Alles war umsonst gewesen: die lauten Proteste, die vielen Eingaben, die wütenden Aufmärsche, und vor 2 Wochen machten sich 6 Pferdewagen aus den Bauernhöfen von Chantecoq, Nuissemont und Champaubert auf den langen Weg bis vor die Bezirksstadt. Léon war auch dabei. Und auch die vier größten Bauern aus Giffaumont, Les Grandes Cotes, Eclaron und Arrigny hatten sich mit ihren Traktoren auf den Weg gemacht. Die Kolonne war den beschwerlichen Weg bis in die Bezirkshauptstadt getuckert und auch wieder zurück - umsonst! Die Wut und die Enttäuschung haben sich in unsere Seelen gefressen, aber wir haben verloren. Léon hat es nicht ertragen, und vor drei Tagen haben wir ihn zu Grabe getragen.

Die Kirche war bis auf den letzten Platz besetzt. Das ganze Dorf war erschienen, und die Leute musterten mich, die Witwe und das Kind voller Mitleid. Aber ich kenne sie! Es wird nicht lange dauern, und sie werden zu tuscheln anfangen, sie werden Gerüchte in die Welt setzen, sie werden sticheln und hetzen. Sie sind alle gleich, aus demselben Holz geschnitzt wie Magali.

Ich musste in der Kirche neben ihr sitzen und auch am Grab meines Sohnes musste ich neben ihr stehen. Ich habe die Zähne zusammengebissen, aber im „Hinkenden Hahn" habe ich mich zu Abbé[10] Magnus gesetzt, wo auch der Viehhändler Albert, und die drei Morel-Brüder saßen. Dagegen konnte sie nichts machen, dagegen konnte sie nichts tun.

Ich hasse sie, diese Frau, die meinen einzigen Sohn ins Unglück gestürzt hat.

Charlotte kam nicht dagegen an, ihr fielen die Augen zu. Zu viele Eindrücke waren in den letzten Tagen über sie hinweggerast. Der Schlaf hüllte sie wie ein dunkler Mantel beschützend ein.

Sie hatte kaum die Augen geöffnet, da klopfte Maryse schon ans Fenster.

»Ich dachte, dass ich dir jetzt schon ein wenig zur Hand gehen könnte, bevor wir das Zeug rausstellen. Du hast bestimmt noch nicht angefangen, oder?«

Charlotte gähnte ausgiebig und warf ihre rote Haarmähne nach hinten.

»Doch, doch, ich habe das Kleinzeug schon sortiert und in die Scheune gestellt. Und ich habe die Tagebücher meiner Urgroßmutter gefunden und in ihren Aufzeichnungen gelesen. Meine Güte, bin ich müde. Ich brauche erst mal einen Kaffee.«

Maryse ließ sich alles haarklein erzählen: den Fund, die Fotos, den Inhalt des Tagebuchs. Sie machte ein enttäuschtes Gesicht.

»Mehr hast du noch nicht gelesen?«

---

[10] Abbé = Priester

Charlotte schüttelte den Kopf.

»Glaub mir, das war mehr als genug, das musste ich erst einmal verdauen. Ich weiß so gut wie nichts über meine Familie, über meine Mutter. Nur, dass sie Französin war und mit Sechzehn von zuhause abgehauen ist. Kein Mensch weiß, wieso sie da in Deutschland gelandet ist. Ich bin ein Siebenmonatskind, weißt du, und sie ist bei meiner Geburt in Frankfurt gestorben.«

Maryse schaute betrübt.

»Das ist ja grauenvoll. Und du wusstest gar nichts über die Umstände deiner Geburt und deiner Adoption?«

Charlotte verneinte und schüttelte wieder den Kopf.

Sie räumten rigoros auf. Die Rumpelkammer leerte sich, das Mobiliar aus dem Wohnzimmer, wie auch aus dem Schlafzimmer hinter dem Bad, landete auf dem Gehweg. Selbst von der Anrichte aus dem Esszimmer konnte sich Charlotte ohne Gewissensbisse trennen, und sie packte den verstaubten Inhalt in ein paar Obststeigen aus der Scheune. Nur ein großer Eichentisch mit acht Stühlen und eine Glasvitrine blieben übrig.

Schnell weg mit dem verstaubten Plunder. Es war wie ein Befreiungsschlag, als der alte Trödel aus dem Haus kam.

Gisbert und die Zwillinge hatten tüchtig mit angepackt. Alle Fünf landeten am frühen Nachmittag müde und zufrieden in Charlottes Wohnküche. Sie stürzten sich auf das am Vortag von ihr vorbereitete *pot au feu*[11], das im Grunde nichts anderes als eine

---

[11] *pot au feu = nordfranzösischer Eintopf*

dicke, deutsche Kartoffelsuppe mit viel Gemüse und saftigen Fleischbrocken war.

Gisbert konnte noch am gleichen Abend nach Paris fahren, um am nächsten Morgen rechtzeitig vor seinen Angestellten im Büro zu sein.


Am Montag gab es in der Genossenschaftsbank ein Problem.

»Das wird kompliziert, Madame. Die Einlagen müssen erst vom Vorstand, dann vom Aufsichtsrat, und auch von der Genossenschaftsversammlung freigegeben werden, bevor Sie an das Geld kommen, verstehen Sie?«

Charlotte verstand nur, dass sie zwar ein Haus und eine Menge Geld geerbt hatte, aber auf das Geld für Wochen, vielleicht sogar für Monate warten müsse. Ihre Arbeitslosigkeit machte die Situation nicht einfacher. Dazu kamen die Auslagen für das geerbte Haus, die sie schnellstmöglich nachzahlen musste. Nicht gut, gar nicht gut für ihre Situation, für ihr leeres Portemonnaie.

Henriette rief an, und Henriette sprach Klartext.

»Was hast du vor? Wie geht's bei dir voran? Wie lange wirst du noch bleiben?«

Charlotte erklärte ihr die Sachlage.

Henriette redete nicht lange um den heißen Brei herum: »Ich kann dir nochmal 1.000 Euro schicken, aber dann komme auch ich an meine Grenzen. Tut mir echt leid, Kindchen, ich würde dir ja gerne helfen, aber mehr ist momentan nicht drin. Du musst zurückkommen, du musst dir eine Arbeit suchen.«

»Ich weiß, Tante Henny. Und du hast natürlich recht. Ich werde den Notar anrufen, und ihn mit dem Verkauf des Hauses beauftragen. Ich melde mich, sobald ich in Frankfurt bin. Bis dann, Tantchen.«

Doch es sollte anders kommen.

Als sie die frisch gekaufte Zeitung aufschlug, sprang ihr die Anzeige förmlich ins Auge. Das Casino suchte Saisonpersonal für die Cocktaillounge, und Charlotte zögerte nicht lange.

In Frankreich waren die Gewerkschaften im Vormarsch, die 35 Stundenwoche an der Tagesordnung, und nach ihrer direkten Bewerbung vor Ort mit der ausdrücklichen Bereitschaft für die unbeliebten Spät- und Nachtschichten, hatte sie wenig später einen Halbtagsjob in der Tasche.

Es war ein Knochenjob. Sie flitzte jeden Abend in der Cocktaillounge von den Kunden zur Bar, wo sie sich über das Thekenpersonal ärgerte, das zwei Seiten bedienen musste. Das Personal war nicht vom Fach, meist studentische Aushilfen, die offenbar die Order hatten, die Spielsäle auf der anderen Seite der Bar vorrangig zu bedienen. Was in der Cocktaillounge zu langen Wartezeiten an der Theke führte. Aber die Gäste mochten sie, gaben ihr ein gutes Trinkgeld und damit die Möglichkeit, auf die Freigabe ihres Erbes zu warten.

Wenn sie spät in der Nacht todmüde ins Bett fiel, konnte sie oft nur noch wenige Zeilen aus den Tagebüchern ihrer Urgroßmutter lesen. Immerhin waren die Kladden akribisch nach Jahreszahlen geordnet:

Die Leute fangen an zu reden. Erst hinter meinem Rücken, ich spüre es ganz deutlich, aber seit Kurzem kommen die verstohlenen Blicke und das Getuschel hinter vorgehaltener Hand dazu. Es wird immer unerträglicher. Das ganze Dorf ist gegen mich; ich spüre es ganz deutlich.

Das hat nichts mit seinem Freitod zu tun. Dass Léon es nicht ertragen konnte, seinen Hof zu verlieren, seine Heimat in den Fluten versinken zu sehen, dafür haben sie Verständnis. Aber dass ich die trauernde Witwe und das unglückliche Kind nicht bei mir aufnehmen will, darüber zerreißen sie sich die Mäuler.

Sie hat auch jetzt wieder die Strippen gezogen. Wie damals, als sie den Hof wollte. Mir war von Anfang an klar, dass sie sich von Léon nur schwängern ließ, um den Hof zu bekommen. Und Léon hatte keine andere Wahl, als sie zu heiraten.

Mein dummer Junge hat sich von dieser Hexe um den Finger wickeln lassen.


Charlotte holte das Kästchen mit den Fotos raus. Sie sortierte sie nach Datum und kam zu dem Schluss, dass das Hochzeitsfoto ihre Urgroßmutter und ihren Urgroßvater zeigte. Das Baby in dem Steckkissen war wohl das einzige Kind, der Sohn des Paares, ihr Großvater Léon. Und die herrische Frau musste ihre Großmutter sein, mit ihrer Mutter an der Hand.

Auf einem Kinderfoto entdeckte sie den Namen Charlotte. Ihre Mutter hieß Charlotte, wie sie. Irgendeine Behörde in Frankfurt hatte ihr der Einfachheit halber den Namen ihrer Mutter gegeben.

Charlotte fing an zu weinen.

Der Tag war bedrückend schwül. Als Charlotte die Türklinke im Dorfamt herunterdrückte, sah sie einen grobschlächtigen Mann schimpfend und aufgeregt neben der Sekretärin stehen,

»Wo ist unser famoser Bürgermeister jetzt schon wieder, Isabelle? Immer wenn man ihn braucht, ist er nicht da! Ich muss mit ihm sprechen. Wie kommt er dazu, mir so einen Brief zu schreiben? Und wieso stellt er mir solche Fragen? Das hat alles seine Ordnung, das sag ich dir, das habe ich schriftlich.«

Er warf einen schnellen Blick auf die Eintretende, unterbrach sich und schnappte nach Luft.

»Hier stinkts, Isabelle! Hier fängt die Luft an zu stinken! Ich komme später nochmal vorbei. Ich schwör dir, das werde ich klären.«

Der Mann stürmte an ihr vorbei und ließ zwei verdutzte Frauen zurück. Der Gemeindesekretärin war der Auftritt offensichtlich peinlich, erwähnte den Vorfall aber mit keinem Wort.

»Ich habe Ihnen eine Liste mit Adressen und Telefonnummern erstellt, bei wem Sie sich melden müssen. Am besten in der Reihenfolge, die ich aufgelistet habe. Haben Sie jetzt ein Konto in Frankreich?«

Charlotte nickte.

»Das werden Sie brauchen, um die ganzen Rechnungen zu bezahlen. Und …«, sie schaute Charlotte fast mitleidig an, »und natürlich auch die Erbschaftssteuer.«

Sie zwirbelte ihren Bleistift zwischen den Fingern: »Aber die müssen Sie ja wohl in Deutschland bezahlen.«

Als Charlotte das hörte und auf die lange Liste sah, bei wem sie was zu bezahlen hatte, bekam sie weiche Knie. Die Gemeindesekretärin bot ihr schnell einen Stuhl an.

»Am besten schalten Sie Ihren Steuerberater ein.«

Charlotte hatte keinen Steuerberater. Sowas hatte sie bislang nicht nötig gehabt. Ihre Steuererklärung hatte sie brav jedes Jahr selbst erstellt. Eine Kleinigkeit, wenn man bedenkt, dass sie jedes Jahr fast immer nur die gleichen Zahlen kopieren musste.

Sie erhob sich und langte nach der Liste.

»Vielen Dank, Frau ... äh, sie sind wirklich sehr nett und auch sehr hilfsbereit.«

»Jederzeit gern und immer wieder«, verabschiedete sich die Gemeindesekretärin mit einem Lächeln im Gesicht.


Die Tankstelle am Ortsausgang war leicht zu finden, und die junge Frau erklärte ihr, dass sie am späten Nachmittag vorbeikommen würden, um sich den R4 anzusehen.

Charlotte war nicht ganz bei der Sache, die Erbschaftssteuer hing wie ein Damoklesschwert über ihrem Kopf, und sie beschloss, umgehend Tante Henny anzurufen. Tante Henny war wie ein rettender Anker für Charlotte.

Sie beeilte sich nachhause zu kommen.

Dort wartete eine Überraschung auf sie. Vor ihrer Haustür lagen fünf tote Ratten. Säuberlich ausgerichtet lagen sie nebeneinander auf der Eingangsstufe, mit einem Hakenkreuz aus weißer Kreide verziert. Charlotte war starr vor Schreck. Dann tat sie einen großen Schritt, schloss die Haustür auf und setzte sich in den Ohrensessel.

Tante Henny! Sie sollte Tante Henny anrufen, aber sie tat es nicht.

Sie überlegte: Wer tat so etwas Abscheuliches? Sie listete in Gedanken all die Menschen auf, mit denen sie bislang zu tun hatte. Voran dieses alte, Gift und Galle speiende Männchen, ihr Nachbar Gawain. Dann die beiden Dorfpolizisten und Maryse und Gisbert. Die Zwillinge? Die Gemeindesekretärin? Hatte sie jemanden vergessen? Ach ja, das Ehepaar aus der Kneipe. Aber dann durfte sie auch dieses Ekelpaket im Dorfamt nicht ausschließen, das sie beleidigt hatte, nicht die junge Frau aus der Autowerkstatt und auch nicht die Empfangsdame in dem Ferienkomplex. Je mehr sie nachdachte, umso abstruser kamen ihr die Verdächtigungen vor. Aber irgendwer musste es doch getan haben, oder?

Also doch Tante Henny anrufen. Aber Tante Henny ging nicht ans Telefon.

Sie beschloss, den Mund zu halten. Kein Wort zu Maryse, kein Wort zu den Dorfpolizisten. Kein Wort zu niemandem.

Sie schnappte die neu gekauften Gummihandschuhe, griff beherzt zu und entsorgte die fünf Rattenleichen, fest in eine Plastiktüte verpackt, in ihrer Mülltonne. Die stellte sie auf die Straße vors Haus. Geschafft!

Endlich erreichte sie Henriette. Ihr erzählte sie nur von dem drohenden Problem mit der Erbschaftssteuer. Und von ihrem neuen Job. Wie erwartet, hatte Henriette Lösungen. Für alles.

»Schick mir eine Abschrift des Testaments, Kindchen, ich werde meinen Steuerberater einschalten. Der kann sich um diese vermaledeite Erbschaftssteuer kümmern. Und, hör mal, Susannes Enkelinnen suchen zwei Zimmer für ihr Erstsemester in Frankfurt, da könntest du doch vorerst deine Wohnung untervermieten, oder? Du hast doch sowieso vor, für eine Weile an diesem See zu bleiben, bis dieser ganze Erbschaftsschlamassel geklärt ist. Das wäre doch ideal und würde einen Teil deiner finanziellen Probleme lösen.«

Charlotte hätte Henriette um den Hals fallen mögen.

»Du bist meine Rettung, Tante Henny. Genauso machen wir das. Danke, danke, danke.«

Henriette brauchte kein schlechtes Gewissen mehr zu haben.

Er hatte sich in ihr getäuscht. Sie war doch nicht das Zuckerpüppchen, für das er sie gehalten hatte.

Es war gar nicht so einfach gewesen, am helllichten Tag die Ratten auf die Eingangsstufen zu schmuggeln und dieses Hakenkreuz daneben zu malen. Ständig fuhren irgendwelche Touristen mit ihren geliehenen Fahrrädern an ihrem Haus vorbei, und er musste höllisch aufpassen, dass er ihnen den Rücken zudrehte. Gut, dass er den Arbeitsoverall angezogen hatte, so konnte man ihn für einen Gärtner halten, der sich an den Büschen neben der Terrasse zu schaffen machte.

Er hatte sie vom Wald aus beobachtet, als sie mit einer Schaufel und Kehrbesen bewaffnet aus der Haustür trat und kurzerhand die Viecher in die Tonne entsorgte. Danach schrubbte sie mit Seifenlauge an der Kreidezeichnung rum. Sie hatte einen entschlossenen Zug um den Mund.

Der Schreck hat ihr zugesetzt, aber es würde nicht reichen. Er wird schwerere Geschütze auffahren müssen, und er musste aufpassen. Es durfte nicht der kleinste Verdacht auf ihn fallen.

Zwei junge Frauen klopften an Charlottes Fenster.

»Ich bin Dominique von der Tankstelle, und das ist Claude, meine Partnerin, die Sie ja schon kennen. Wir wollen nach Ihrem Wagen sehen.«

Charlotte hatte bei dem Beruf Automechaniker und den beiden Vornamen nicht im Entferntesten an zwei Frauen gedacht, die nicht nur ein professionelles, sondern auch im Leben ein Paar waren.

Und wie Maryse schon sagte, es war für die beiden ein Klacks, den alten R4 wieder auf Vordermann zu bringen. Und ein Genuss, ihnen zuzuschauen, wie sie Hand in Hand das alte Auto wieder auf Touren brachten. Die Handgriffe saßen, nur ein paar Worte hier und da, gemeinsame Blicke, alles zügig in Harmonie getan. Es dauerte nicht lange, und der Kastenwagen schnurrte wie eine alte Katze.

Die Mädels wischten sich die ölverschmierten Hände an den mitgebrachten Lappen ab und wollten gehen.

Charlotte lud die beiden zu einem Glas Wasser, einem Tee, oder was immer, in ihr Haus ein. Und, oh Wunder, sie sagten zu. Dort staunten sie über den unverbauten Blick zum See und bewunderten das Haus und den Garten.

Und wollten kein Geld für ihre Dienste.

»Tanken Sie einfach in Zukunft bei uns, und wenn Sie ein Problem mit der Karre haben, kommen Sie als zahlender Kunde bei uns vorbei.«

Als die Damen gegangen waren, kochte sich Charlotte noch eine Tasse von dem kürzlich entdeckten, köstlichen Verbene-Tee und griff zu den Kladden:

Magali spielt ihre üble Rolle weiter. Ich weiß, dass sie alles dransetzen wird, ihren Willen wieder durchzusetzen. Sie will mein Elternhaus, will mich wieder um mein Hab und Gut bringen. Das spüre ich. Und sie verstreut wieder Gerüchte. Dieses hinterhältige Weib weiß, wie sie die Leute hinter sich bringt.

Wie damals, als sie mich vom Hof getrieben hat. Diese übertriebene Fürsorge um meine alte Mutter, dieses schöntuerische Gerede, das sie damals im ganzen Dorf verstreute: es sei doch das Beste, wenn ich zu meiner pflegebedürftigen Mutter ziehen würde, wo doch auf dem Hof so wenig Platz sei. Das wären die Jüngeren auch den Alten schuldig. Da wäre doch mein Umzug in mein Elternhaus die beste Lösung für alle.

Dabei wäre ich so gerne auf unserem Hof geblieben, auf dem Hof meines verstorbenen Mannes, auf dem Hof meines einzigen Kindes. Aber die Hexe wollte mich unbedingt weghaben, und Léon war schwach, viel zu schwach.

Und jetzt? Jetzt spielt sie die trauernde Witwe, ohne Heimat, die kleine Halbwaise an der Hand.

Die Wirtin vom „Hinkenden Hahn" hat es mir gesteckt: das seien doch unhaltbare Zustände, meinte sie, dass meine Schwiegertochter und meine Enkelin in diesem fürchterlichen Zimmer über der Feuerwache hausen müssten, wo ich doch genügend Platz in meinem Elternhaus habe.

Ich halte diesen Druck nicht mehr aus. Heute werde ich zu ihr gehen, und meine Enkelin zu mir holen. Mit ihr als Zugabe.

A m nächsten Tag fragte Charlotte Maryse, ob sie den Peugeot zum Autovermieter nach Vitry fahren könne. Sie würde mit dem R4 folgen. Und sie könnten danach einen Stadtbummel machen und gemeinsam zurückfahren.

Maryse war begeistert und sagte zu.

Nachdem sie den Peugeot abgeliefert hatten, lud sie Maryse zum Mittagessen ein. Maryse kannte ein etwas schmuddeliges Restaurant, wo sie ein ausgezeichnetes Couscous serviert bekamen. Der betagte Besitzer schlurfte zwischen Küche, Bar und den vier Gästetischen hin und her, immer von seinem alten Hund begleitet, der sich nach jeder zweiten Runde müde in sein Körbchen verkroch. Der Gesichtsausdruck des Wirtes verriet, dass er es ihm gerne nachgetan hätte.

Obwohl der Besitzer eindeutig aus Algerien stammte, servierte er Alkohol, und der Rotwein lockerte Charlottes Zunge. Sie erzählte Maryse von dem Vorfall mit den toten Ratten.

Maryse war entsetzt.

»Igitt, und du hast sie angefasst und im Müll entsorgt?«

Sie betrachtete Charlottes Hände, als hätte sie aussätzige Lepra an den Fingern.

»Wer ist denn so fies, und wer könnte sowas machen? Und vor allen Dingen, warum?«

Diese Fragen hatte sich Charlotte auch schon gestellt, aber keine Antworten gefunden.

»Ich habe nicht die geringste Ahnung. Der Einzige, der mir dazu einfällt, ist dieser Gawain. Der hat mir immerhin die Polizei auf den Hals gehetzt. Wiewohl ich keine Ahnung habe, warum.«

Maryse knabberte an ihrem Hühnerknochen.

»Er war sehr gut mit deiner Großmutter befreundet. Man munkelt sogar, dass sie ein Paar gewesen sein sollen. Irgendwann einmal. Aber wie das so in Frankreich ist, da spielen Witwenrenten eine große Rolle, und die Leute heiraten nie zum zweiten Mal. Leben Jahrzehnte zusammen und sterben nacheinander weg. Oder aber, wie im Fall deiner Großmutter und Gawain, leben Haus an Haus, jeder für sich alleine und trotzdem zusammen.«

Nach dem Mittagessen klapperten sie die Einkaufsstraße ab. Charlotte fand ein Sozialkaufhaus, das Möbel und allerlei aus zweiter Hand feilbot. Sie nahm sich vor, bei Gelegenheit nochmal alleine vorbeizuschauen. Das Haus brauchte noch ein paar Kleinigkeiten, wenn sie dort für eine Weile wohnen wollte.

Nach dem Stadtbummel fuhren sie mit dem geräumigen Kastenwagen wieder zurück an den See, und Maryse konnte die Zwillinge noch rechtzeitig aus der Schule abholen.

**D**er schwere Duft von Muscheln hing noch immer in der Gaststube. Zu Mittag hatten *„Moules-Frittes*[12]*"* auf der Tageskarte gestanden, die besten Muscheln mit Pommes weit und breit.

Langsam füllte sich der „Hinkende Hahn" am frühen Abend, und der Freitagsstammtisch war bald bis auf den letzten Platz besetzt. Unter ihnen saßen der Viehhändler, der Baustoffhändler und ein paar Bauern an dem großen, reservierten Tisch. Alle waren da. Der neueste Klatsch im Dorf wurde durchgehechelt.

»Auf dem Nobelhügel hat's Zuwachs gegeben.«

»Ach ja, Bub oder Mädchen?«

»Nee, da hat sich eine Deutsche eingenistet.«

»Eine Deutsche hat da gebaut?«

»Nee, ich hab gehört, dass die in das Haus von Magali gezogen ist.«

»Das Haus von Magali stand zum Verkauf?«

»Wwwer wird verkauft, hä?«

»Sei still, Gustave, und trink dein Bier. Philippe, noch ein Bier für Gustave!«

«Diese Deutsche ist da eingezogen. Angeblich ist sie die Enkelin von Magali.«

---

[12] *Moules-Frittes = Muscheln mit Pommes*

Plötzlich sprachen alle durcheinander.

»Wie, was? Wie geht denn sowas? Ich denke, die Neue ist eine Deutsche, wie kann sie da die Enkelin von Magali, Gott hab sie selig, sein?«

Ein Alter mit nikotinverfärbten Fingern klinkte sich ein: »Wisst ihr das nicht? Magalis Tochter war schwanger, mit Sechzehn! Angeblich von einem Deutschen. Und der ist abgehauen, und sie ist ihm nachgereist. Danach war die Kleine wie vom Erdboden verschwunden, für immer und ewig einfach weg.«

»Magali hatte eine Tochter? Und die war schwanger?«

»Davon wusste ich nichts.»

»Viele wussten davon nichts. Das war sowas wie ein Geheimnis.«.

»Keine Ahnung, aber davon viel.«

»Wwwer hat von was keine Aha…, keine Aha…, keine was, hicks?«

Ein fetter Rülpser begleitete die Worte des Zechers.

»Sei still, Gustave, und trink weiter. Philippe, noch einen Schnaps für Gustave!«

Philippe stellte mit Schwung eine neue Runde auf den Tisch.

»Ich hab sie gesehen, diese Deutsche, sie war Gast bei uns. Lange, rote Haare bis zum …, also ein Haufen langer, roter Locken. Und die Kurven«, er schielte rüber zu seiner besseren Hälfte, »und die Kurven an der richtigen Stelle. Ein Superweib!«

»Ein Schrrr…, ein Schrrr …, ein Schrubberweib, hicks?»

Charlotte sank nach der anstrengenden Fahrt müde in den Ohrensessel. Der R4 war ein echter Oldie, und sie musste sich erst an das laute Getriebe gewöhnen. Sie hatte noch immer das dumpfe Dröhnen im Ohr.

Sie griff zu den schwarzen Kladden:

Das Kind ist vollkommen verstört. Kein Wunder. Erst fand es den Vater an einem Strick aufgehängt, die Füße in der Luft, den Stuhl umgeworfen. Dann der Umzug aus ihrem gewohnten Umfeld in ein anderes Dorf, zu mir, zu einer alten Frau ...

Seitdem spricht das Kind kaum noch ein Wort, und Magali hat nichts Besseres zu tun, als die trauernde Witwe zu spielen, die in ihrem eigenen Schmerz versinkt. Um das Kind kümmert sie sich einen Dreck, und ich komme an die kleine Charlotte nicht ran.

Dazu kommt noch dieser schreckliche Unfall. Seit Léon nicht mehr ist, gibt es nur noch den Hof von den drei Morel-Brüdern, die sich der Räumung widersetzen. Nur Gawain ist dafür; er ist froh, endlich von dem verwahrlosten Hof wegzukommen, den er mit seinen beiden Brüdern bewirtschaftet.

Babtiste und Jules wollen aber nicht weg. Nicht um alles Geld dieser Welt. Dieser démarcheur[13],

---

[13] *démarcheur = Kundenwerber*

dieser Kundenwerber von der IIBRBs[14], hat für den Hof gutes Geld geboten. Sehr gutes Geld sogar. Und wie man munkelt, sogar mehr als den anderen. Aber Gawains Brüder wollen nicht verkaufen.

Sie haben die Jauchegrube reinigen wollen als Gawain in die Bezirksstadt gefahren ist, um Futter zu kaufen. Was für ein sinnloses Unterfangen. Sie würden ihnen, so oder so, den Hof wegnehmen, die feinen Herren aus Paris. Wozu also noch Futter kaufen, wozu noch die Jauchegrube reinigen? Es muss ein grässlicher Tod gewesen sein. Als Gawain zurückkam, fand er seine Brüder leblos in der Grube.

Die Polizei hat den Unfall nachgestellt, wie das so schön heißt. Sie müssen zu zweit hineingestiegen sein, haben sie gesagt, und beide sind an den giftigen Gasen erstickt. Wie blöd ist das denn, in die Grube zu steigen, wo doch jedes Kind weiß, dass sich da tödliche Gase bilden können.

Oder ist nur einer reingefallen, und der andere wollte ihm helfen? Oder hat da jemand nachgeholfen? So genau wird man das wohl nie klären können, sagt die Polizei.

Jetzt hat dieser démarcheur freie Hand über den Hof, und in meinem Dorf wabern wieder die Gerüchte. Wo man hinkommt, stehen die Leute zusammen und schwätzen dummes Zeug. Auch

---

[14] *IIBRBS = L'institution interdépartementales des barrages-réservoirs du bassin de la Seine = staatliche Körperschaft*

Léon bleibt nicht ungeschoren, und die Kleine bekommt alles mit.

Jedenfalls spricht Charlotte kaum noch ein Wort, und die Mutter brüllt das verschreckte Kind bei jeder Gelegenheit an.

Ich stopfe mir manchmal Watte in die Ohren, weil ich das kaum aushalten kann.

Charlotte war erschüttert. Sie hatte über diese *démarcheurs* gelesen, diese Eintreiber, die als offizielle Berater der Wasserbehörde auftraten, um den Bauern ihr Hab und Gut zu entreißen. Es müssen sich schreckliche Tragödien abgespielt haben, als die französische Regierung 1964 begann, den lange geplanten Stausee in der Champagne zu bauen, um Paris vor weiteren Überschwemmungen zu schützen.

Paris hatte 1910 und 1924 zwei fürchterliche Hochwasserkatastrophen hinter sich. Viele Straßen und Gebäude der Stadt waren betroffen. Im Frühjahr transportierte die Marne 450 Kubikmeter Wasser in der Sekunde, um sich in die Seine zu ergießen. Alleine im Jahr 1910 waren 20.000 Gebäude und 200.000 Einwohner der Stadt betroffen, und die Schäden beliefen sich auf 400 Millionen Goldfranken. Es dauerte 45 Tage, bis die Seine wieder ihr normales Niveau erreichte. Und nach den Starkregen in 1952 und 1955 wurde in der Hauptstadt fieberhaft nach Lösungen gesucht. Die Zeit war überfällig für eine Erweiterung des inzwischen viel zu kleinen, 1938 gebauten Wasserreservoirs von Champaubert aux Bois in der Champagne.

Die Bürgermeister von Giffaumont, Champaubert aux Bois, Chantecoq, Nuisement aux Bois, Les Grandes Côtes, Arrigny, Ecollement, Larzicourt und Nuisement beschlossen, Briefe an ihre Abgeordneten in der Marne zu schreiben. Sie protestierten mit viel Herzblut und wenig Argumenten gegen den geplanten, riesenhaften Stausee.

Die aufgeschreckten Vertreter des Volkes verschickten Petitionen nach Paris, und die Schlacht begann: Expertisen und Beschlüsse versus Widerstände und Eingaben. Umsonst, das Projekt war „von öffentlichem Interesse". Die drei Dörfer Champaubert aux Bois, Chantecoq, Nuisement aux Bois und 12 Bauernhöfe sollten mit dem Bau des neuen Stausees geflutet und 26 Anrainerkommunen in ihren Flächen beschnitten werden. Daran gab es nichts mehr zu rütteln, das war beschlossene Sache.

Die Bewohner wurden aufgefordert, ihren Widerstand aufzugeben. Die *démarcheurs* wurden 1963 in die Bevölkerung entsandt, die Enteignungen entsprechend ihres Nutzwertes vergütet. Die Ansiedler waren gespalten. Viele hatten schon in den frühen Anfängen der politischen Debatten nichts mehr an ihren Häusern gemacht, entsprechend verfielen die Höfe, und die Dörfer boten jämmerliche Bilder der Verwahrlosung. Für diese Leute war das Geld der Körperschaften ein willkommener Neuanfang. Andere wollten nicht weg und verteidigten ihren Besitz bis zum Schluss mit Zähnen und Klauen, notfalls auch mit dem Gewehr. Jeder hatte eine Flinte über der Tür hängen, denn die oft illegale Jagd füllte ihre mageren Kochtöpfe. Ein Teil der Bevölkerung wehrte sich, auch mit Gewalt.

Neunzig Familien hatten fünf Jahre Zeit, um die Weiler zu räumen. Sie durften nur ihr Vieh, ihren Hausrat und die Dachschindeln ihrer Häuser mitnehmen. Danach kamen die großen Maschinen und machten alles platt. Aus den Ruinen wurde überdies noch geplündert was nicht niet- und nagelfest war. Dann wurden die Feuerbrünste gelegt. Nichts sollte mehr an die gefluteten Dörfer erinnern.

Noch mehr war Charlotte über das Ränkespiel ihrer Großmutter entsetzt. Magali haderte mit ihrem Schicksal und ließ ihren Hass, ihre Enttäuschung und ihren Gram an der Schwiegermutter und ihrer Tochter aus. An den zwei Menschen, die am wenigsten an den Folgen der Enteignungen und dem Freitod ihres Mannes schuldig waren.

Charlotte beschloss, nach Frankfurt zu fahren. Erstens, um die Zwischenvermietung zu regeln, und zweitens wollte sie einige Dinge in den R4 laden, um ihr mageres Zuhause am See etwas aufzuhübschen.

Sie hatte sich drei Tage freigenommen und setzte sich mit einer Flasche Champagner, als Dankeschön für Henriette, in den R4. Der alte Wagen lief wie am Schnürchen, der Verkehr war bis Kaiserslautern erträglich. Aber je näher sie in das Rhein-Main Gebiet kam, umso heftiger wurde die Fahrerei. Die vielen Autos, die rücksichtslose Raserei, der tobende Lärm, die stinkenden Abgase. Unter der Rollbahnbrücke auf der A3 zog sie erschrocken die Schultern hoch, als eine Lufthansamaschine ihren Kopf querte.

Sie stellte fest, dass sie sich an die beschauliche Stille und den überschaubaren Verkehr am See gewöhnt hatte. Im Rhein-Main Kessel aber tobte der Bär auf den Straßen, und in der Innenstadt war es nicht viel besser.

Sie suchte eine halbe Stunde in den Sachsenhäuser Straßen nach einem Parkplatz, bis sie völlig entnervt, über die Hofeinfahrt in den Hinterhof, zu ihrer Kellerwohnung fuhr. Das war zwar verboten, aber sie stellte den Kastenwagen so geschickt neben die Mülltonnen, dass der Wagen niemanden störte und sie hoffentlich auch keiner anschwärzen würde.

Die Kellerwohnung roch nach abgestandener Luft, und sie riss die vergitterten Fenster und die Eingangstür weit auf.

Die beiden Studentinnen wollten in einer Stunde den Zusatzvertrag unterschreiben. Ihr Vermieter hatte keine Schwierigkeiten gemacht, als sie ihn von ihrem Vorhaben unterrichtete. Solange sie weiterhin als Hauptmieterin für alle Kosten verantwortlich sei, war ihm alles recht, nur um keine Scherereien mit einer Neuvermietung zu bekommen.

Charlotte blickte sich um.

Sie hatte sich vorgenommen, ihr eigenes Bett und ein paar persönliche Kleinigkeiten mitzunehmen. Die Mädels packten bereitwillig mit an, um das Bett auseinanderzunehmen und samt Matratze und Bettzeug in Charlottes Auto zu verstauen.

»Ich fahre morgen zu Henriette, um bei ihr zu übernachten. Ihr könnt also schon morgen einziehen, wenn ihr wollt.«

Na klar, wollten sie. Das Hostel, indem sie sich bislang ein Zimmer geteilt hatten, nervte gewaltig. Eine strenge Hausordnung, keine Herrenbesuche, ab 24.00 Uhr Licht aus.

Ab morgen hätten sie endlich eine sturmfreie Bude, freuten sich die jungen Damen. Sie würden ihre Betten schon am nächsten Tag vom Elternhaus in die Wohnung bringen lassen, damit sei ihr Weg ins lustige Studentenleben endlich frei.

Charlotte wollte sich das gar nicht erst im Detail vorstellen und konnte nur hoffen, dass die dicken Mauern des alten Stadthauses das erhoffte Studentenleben schalldicht abschirmen würden.

Ihre Sachen waren schnell verstaut, und sie übergab den Mädels die Ersatzschlüssel.

Am nächsten Morgen fuhr Charlotte voller Vorfreude zu Henriette in die Frankfurter Vorstadtsiedlung, die ausnahmsweise mal in ihrer Wohnung anwesend war.

Sie sah sich um. Die vormals bescheidenen Arbeiterhäuschen waren fast alle aufwändig umgebaut, von den einstmals großen Gärten nicht mehr viel übriggeblieben. Auch Henriettes Haus war inzwischen erweitert und hatte drei Wohnungen, die alle vermietet waren. Henriette hatte sich nach dem Tod ihres Mannes in einen kleinen Anbau zurückgezogen und war sowieso die meiste Zeit unterwegs, um ihre Enkel zu betreuen.

Aber heute war sie da und umarmte ihre Nichte und Patenkind mit einem dicken Schmatz auf die Wange.

»Braun gebrannt bist du, Kindchen. Da scheint wohl ordentlich die Sonne an deinem See, was?«

Charlottes Handy klingelte. Eine unbekannte Nummer aus Frankreich zeigte sich auf dem Display.

»Sorry, Tante Henny, aber ich glaube, da muss ich ran.«

»*Bonjour madame*, sind Sie Frau Stetten?«

Charlotte bejahte.

»Ah gut, hier spricht *Maitre* Millair.«

Charlotte hatte den Notar völlig vergessen, und ihr fiel siedeheiß ein, dass sie ihn beauftragt hatte, einen Käufer zu suchen. Sie beschloss abzuwarten, was er zu sagen hatte.

»Ich habe nochmals in den Unterlagen meines Vorgängers geschaut und etwas Seltsames entdeckt. Da gibt es eine Art Pachtvertrag zwischen Ihrer Urgroßmutter und der *IIBRBS*, die besagt, dass sie denen 1963 ein Nutzungsrecht für ein Grundstück abgegeben hat. Und damit sollten Sie, Madame, als ihre Erbin, jedes Jahr ein ordentliches Sümmchen von dieser Behörde, beziehungsweise deren Nachfolgebehörde, kassieren. Wussten Sie davon? Gibt es darüber regelmäßige Einnahmen?«

Charlotte wusste nichts von einem Pachtvertrag, auch nichts von aktuellen Einnahmen. Aber sie erzählte dem Notar von dem gefundenen Sparbuch mit den regelmäßigen Eintragungen und den späteren Kontoüberweisungen in der gleichen Summe.

»Ab einem gewissen Datum brachen diese Einzahlungen allerdings abrupt ab. Sagen Sie, wer oder was ist diese *IIBRBS* eigentlich?«

Der Notar erklärte es ihr: »Die *IIBRBS* ist die Vorläuferin von der *EPTB*[15].«

---

[15] *EPTB Seine Grands Lacs = Etablissement public territorial de bassin Seine Grands Lacs = Nachfolgerin der IIBRBS*

Charlotte tat einen verzweifelten Atemzug. Diese Franzosen nervten mit ihrer unsäglichen Abkürzungswut: an öffentlichen Gebäuden, an Fabriken- und Firmenschildern, selbst in der Tageszeitung wurden ihre französischen Sprachkenntnisse damit überstrapaziert.

Der Notar erklärte ihr in umständlichen Worten, wieder mit vielen Abkürzungen, dass diese öffentliche Behörde vor 1964 die Enteignungen am See mit privaten Kundenwerbern durchgezogen habe. Und da sei wohl einiges zwischen den *démarcheurs* und den Grundbesitzern gemauschelt worden, was möglicherweise auch den Besitz ihrer Urgroßmutter beträfe. Denn die Nachfolgerin *EPTB* wisse nichts von einem Vertrag aus dieser Zeit, das habe er bereits recherchiert.

Er fragte sie, ob er sich weiter darum kümmern soll, denn dies verspreche möglicherweise ein lukratives Geschäft. Für ihn, und für sie natürlich auch. Ob ihr das recht sei?

Charlotte war alles recht, denn seltsamerweise hatte sie plötzlich keinen Bezug mehr zu ihrer alten Heimatstadt. Frankfurt war ihr fremd geworden, selbst der beschaulichen Vorstadtsiedlung ihrer Tante konnte sie nichts mehr abgewinnen.

Sie war froh, als sie am nächsten Tag in ihre alte Klapperkiste steigen konnte und fuhr über die wenig befahrene A63 in Richtung Frankreich.

Als Charlotte die Haustür aufschloss, merkte sie sofort, dass etwas nicht stimmte. In der Diele lag der Schirmständer auf dem Boden.

Als sie in die Wohnküche trat, sah sie die Bescherung. Bei ihr war eingebrochen worden.

Die große Flügeltür zur hinteren Terrasse stand weit offen. Unversehrt. Aber im Haus war alles durchwühlt. Stühle umgeschmissen und zertrümmert, die Einbauschränke geöffnet, Schubladen aufgezogen; überall lag der Inhalt verstreut auf dem Boden. Die Gläser und das Geschirr aus der Vitrine im Esszimmer lagen zersplittert auf dem Steinfußboden, das Bettzeug im Schlafzimmer war aufgeschlitzt.

Charlotte atmete mehrmals tief durch, dann telefonierte sie mit der Gendarmerie.

Sie kamen wieder zu zweit. Der Jungpolizist kaute wieder – oder immer noch? – an seinem Kaugummi und zückte eifrig sein Notizbuch. Er notierte stumm alles, was sein Kollege sagte und fragte.

«Wie lange waren Sie weg? Und wann genau sind Sie zurückgekommen? Fehlt etwas? Haben Sie was angefasst?»

Charlotte beantwortete geduldig alle Fragen.

Der Jungpolizist schaute mit offenem Mund und wanderndem Blick von Charlotte zu seinem Vorgesetzten – und wieder zurück. Er hatte die Funktionen seines Stifts und des Notizbuches völlig vergessen. Selbst der Kaugummi hatte für einen Moment eine kurze Ruhepause.

Charlotte entschied, dass er wohl nicht die hellste Kerze auf der Torte war.

Sie nahm sich sehr zurück, als sie die Blicke zwischen den beiden Polizisten wahrnahm, als sie bestätigte, dass nichts fehle.

Dann plötzlich: »Wie? Haben Sie etwa was angefasst?«

Oh Wunder! Das uniformierte Quadrat konnte sprechen.

Charlotte ärgerte sich. Wie konnte sie die Frage nach einem Verlust negativ oder positiv beantworten, ohne nachgeschaut und etwas angefasst zu haben?

Sie hatte keinerlei Erfahrung mit Einbrüchen, und die beiden Dorfpolizisten erklärten ihr, dass sie so ziemlich alles falsch gemacht hatte, was man nur falsch machen konnte.

Sie taten ihre Arbeit. Sie untersuchten die Schlösser und nahmen Fingerabdrücke ab.

Der backenbärtige Polizist bat sie, in den nächsten Tagen im Dorfamt vorbeizukommen, um das Protokoll in der ansässigen Polizeistation zu unterschreiben. Und wenn ihr noch was einfallen sollte, er schob ihr eine Visitenkarte zu, könne sie ihn jederzeit anrufen. Tag und Nacht.

Charlotte fand das etwas übertrieben und kam sich wie in einem kitschigen Kleinkriminalfilm vor.

Als die Polizisten weg waren, schaute sie in das Geheimfach der ehemaligen Frisierkommode. Sie atmete auf. Die Tagebücher waren noch alle da, die Bankunterlagen und die Fotos auch.

Den Rest konnte sie verschmerzen.

Sie rief Maryse an und erzählte ihr von dem Einbruch.

»Das ist ja schrecklich. Fehlt was? Ist viel kaputt? Weißt du was, ich komme schnell rüber und helfe dir beim Aufräumen.«

Gesagt, getan.

Sie stellten die zerbrochenen Stühle, das alte Bett mit der aufgeschlitzten Matratze und dem unbrauchbaren Bettzeug in die Scheune, sammelten die Scherben ein und kehrten die Räume durch. Dann trugen sie den Inhalt des R4 ins Haus.

Charlotte atmete auf, wenigstens hatte sie ihr eigenes Bett mit ihrem Bettzeug aus Deutschland mitgebracht. Sie warf einen Blick auf das Schloss an der hinteren Terrassentür.

»Jemand muss einen passenden Schlüssel gehabt haben. Oder sehr geschickt mit einem Dietrich umgehen können. Man sieht keinerlei Spuren einer gewaltsamen Öffnung.«

Maryse rätselte: »Aber wer hat einen Schlüssel für das Haus?«

Charlotte fiel nur ein Name ein.

»Gawain. Er ist der Einzige, der in Betracht kommt. Er ist bei meiner Großmutter ein- und ausgegangen. Hast du selbst gesagt.«

Maryse runzelte ihre hübsche Stirn.

»Gawain? Nun ja, er ist schon ein seltsamer Kauz. Aber ein Einbruch? Obwohl …? Und vor allen Dingen warum?«

Sie zupfte an dem Gummi ihres fest anliegenden, mit bunten Steinen üppig besetzen Armbands.

Ja, warum überhaupt ein Einbruch? Erwiesenermaßen fehlte nichts. Sogar das neu gekaufte, kleine Radio stand gut sichtbar, aber unberührt, auf dem Klapptisch neben dem Ohrensessel.

»Morgen fahre ich in die Stadt. Ich brauche neue Stühle, Gläser, Geschirr. Kommst du mit?«

Maryse schüttelte bedauernd den Kopf.

»Tut mir echt leid, ich wäre gerne mitgekommen, aber ich muss mit den Zwillingen zum Kinderarzt. Und du weißt ja selbst, wie schwer es ist, in dieser gottverl …, in dieser Gegend einen Arzttermin zu bekommen.«

Charlotte wusste es nicht wirklich, aber sie hatte schon gehört, dass man für Fachärzte lange Strecken in Kauf nehmen und noch längere Wartezeiten einplanen müsse.

»Alles okay mit den Zwillingen?«

»Ja doch. Nur eine Routineuntersuchung für die Aufnahme ins Internat. Willst du heute Abend zum Essen rüberkommen? Ich habe Lasagne und Salat eingeplant.«

Charlotte nahm dankbar an. Und schlief am Abend denkbar schlecht ein.


Am nächsten Tag fuhr Charlotte in das Sozialkaufhaus und stöberte den ganzen Vormittag zwischen alten Möbeln und Nippes, zwischen gebrauchtem Geschirr und Gläsern, zwischen Kleidung und Wäsche, und tonnenweise Büchern, herum.

Und wunderte sich, was die Leute alles abgaben, alles entsorgten.

Sie wurde fündig und kaufte für kleines Geld mehrere gut erhaltene Stühle mit Flechtwerk für das Esszimmer, vier einfache Stühle für die Küche, einen kompletten Satz Champagnergläser und ein sechsteiliges Geschirrset, das mit seinen kleinen, blauen Blümchen gut in das offene Regal der Wohnküche passen würde. Und auch bei einem weißen Service mit goldenem Rand zögerte sie nicht lange. Ganz zum Schluss entdeckte sie noch einen geflochtenen Obstkorb aus Keramik, dem sie nicht widerstehen konnte, und eine einfache Tischlampe, mit einem gedrechselten Fuß aus dunklem Holz, für ihren Tisch neben dem Ohrensessel.

Und weil sie einfach Lust hatte, ging sie nochmal zu dem Algerier, wo sie mit Maryse dieses leckere Couscous gegessen hatte. Sie bekam einen Fensterplatz – und da sah sie Maryse.

Sie ging auf der gegenüberliegenden Straßenseite in eine Arztpraxis. Alleine. Maryse hatte sie angelogen. Die Praxis war keine Kinderarztpraxis; die Zwillinge hatte sie nicht dabei.

Warum hatte Maryse gelogen?

Auf dem Rückweg hielt sie am Dorfamt an und fragte nach der Polizeistation.

Die freundliche Gemeindesekretärin stutzte kurz, dann kicherte sie hinter vorgehaltener Hand.

»Ja, also da gehen Sie am besten durch die Tür neben mir, dann am Büro des Bürgermeisters vorbei bis zur Toilette, danach drehen Sie um, an den Fenstern entlang, bis zur nächsten Tür.«

Charlotte machte sich auf den Weg.

Die Tür zum Büro des Bürgermeisters stand sperrangelweit offen, aber der Raum war leer. Sie ging den langen Gang, mit einer scheußlich geblümten Tapete, entlang bis zur Frontwand, dort befand sich eine Tür mit einem Schild „*WC unisex*[16]". Auf der anderen Seite schaute man durch eine Reihe von Fenstern in einen bunt blühenden Garten. Charlotte drehte um und ging den langen Korridor zurück. Und stand wieder vor der Tür, aus der sie gekommen war.

Die Gemeindesekretärin prustete los, als Charlotte vor ihr stand:

»Bitte nicht böse sein, aber als Sie nach der Polizeistation gefragt haben, da konnte ich einfach nicht anders. Unser Rathaus besteht zurzeit aus dem Büro des Bürgermeisters, meinem Zimmer, einem langen Flur und einer Toilette. Ich sitze im Sekretariat, das gleichzeitig Sitzungssaal, Polizeistation und manchmal auch das Standesamt ist. Unser Rathaus hat einen Wasserschaden und wird gerade renoviert. Wir treten uns hier richtig auf die Füße und haben wenig zu lachen. Da musste ich die Gelegenheit einfach beim Schopf ergreifen. Sie sind mir doch wegen des kleinen Scherzes nicht böse, oder?«

Charlotte wusste nicht, was sie sagen sollte, dann fing auch sie an zu kichern.

»Wissen Sie, Christian, unser Polizist, ist gerade nicht da. Er arbeitet unseren neuen Hilfspolizisten ein.« Sie lächelte wieder, ganz die verbindliche Gemeindesekretärin: »Kann ich sonst irgendwie behilflich sein?«

Charlotte erklärte ihre Anwesenheit.

Die Gemeindesekretärin bekam große Augen und tat so, als wüsste sie von nichts: »Oh, bei Ihnen ist eingebrochen worden? Das ist ja schrecklich. Ich fürchte nur, dass Sie da wiederkommen müssen. Da muss ein

---

[16]*WC unisex  = geschlechtsneutrale Toilette*

Polizeibeamter das Protokoll beim Unterschreiben bezeugen. Am besten rufen Sie Christian an und machen einen Termin mit ihm aus.«

Sie drückte Charlotte einen Zettel mit der Telefonnummer in die Hand.

»Ich bin übrigens Isabelle, Isabelle Leroux. Sie können mich gerne Isabelle nennen. Wir nennen uns im Dorf fast alle mit Vornamen. Ist ja auch kein Wunder, wo wir doch irgendwie alle miteinander verwandt sind. Rufen Sie ihn noch heute an, ja? Er ist für Sie Tag und Nacht erreichbar.«

Charlotte stieg in ihr Auto und ließ sich nochmal die Szene mit der Polizeistation durch den Kopf gehen. Dann lachte sie lauthals heraus. Sie lachte bis sie einen Schluckauf bekam.

Das war das Frankreich, wie sie es liebte.


**B**eim Frühstück blätterte Charlotte am nächsten Tag weiter in den schwarzen Kladden:

Erst sah man die Flammen, dann roch man den beißenden Qualm. Den Rauch konnte man weithin sehen. Die Bulldozer hatten erst die Wohnhäuser, dann die Höfe niedergewalzt. Danach legten sie das Feuer.

Unsere Heimat wurde dem Erdboden gleich gemacht. Alles, was das Feuer nicht fressen wollte, wurde tief vergraben. Die Brunnen wurden zugeschüttet.

Der Wind trieb den Gestank bis zu meinem Elternhaus und nahm uns fast den Atem.

Die Bewohner wurden umgesiedelt, aber die Alten wollten nicht gehen. Der Bürgermeister von Nuisement hat sich mit ausgebreiteten Armen vor seine Kirche gestellt. Wie das heilige Kreuz von Jesus Christus stand er da und bellte: „Bis hierher und nicht weiter." Und der Dorfälteste von Chantecoq fuchtelte mit seinem Gehstock herum: „Mich kriegen sie hier nicht weg. Mein Stock ist hart genug, um ihnen die Nieren zu streicheln!"

Es half nichts, jeder musste gehen. Selbst die Toten hatten sie aus den Friedhöfen von Champaubert und Nuisement nach Giffaumont und Les Grandes Cotes, das jetzt Sainte-Marie-du-Lac-Nuisement heißen soll, umgebettet.

Charlotte trat auf die hintere Terrasse. Der Himmel hing bleischwer über dem Wasser. Die deutschen und französischen Wetter-Apps hatten für die Gegend rund um den See schwere Gewitter angesagt.

Sie hatte keine Lust auf Blitz und Donner und floh in den Osten der Haute Marne zu einem kleinen Bergzug, wo sie von einem romantischen Mühlengarten gehört hatte. Auf dem Weg dorthin wollte sie noch an einer Käserei vorbeifahren, um sich mit einem Wochenvorrat lokaler Käsespezialitäten einzudecken.

Die Kühlkiste war schnell im Auto verstaut, inklusive mehrere Kühlpacks und einer Eingebung zufolge, packte sie noch eine Baguette, eine Flasche Wasser, eine Thermoskanne mit Kaffee und etwas Obst in den Kofferraum. Warum nicht unterwegs einen Picknick machen?

Die Käserei entpuppte sich als hochmoderne Einrichtung, erst kürzlich aus viel dunkelgrauem Beton neu gebaut, mit einer gut sortierten Käseboutique. Außer dem selbst fabrizierten Chevillon, stachen ihr in den Glasvitrinen noch bekannte Sorten wie Bleu d'Auvergne, Crottin de Chavignol, Reblechon, Chaource, Èpoisses, Fromage de Langres und Vignotte ins Auge. Und gesalzene Butter! Sie liebte diese gesalzene Butter mit den kleinen Salzkristallen in der cremigen Masse.

Die mitgebrachte Kühlkiste füllte sich schnell.

Charlotte fuhr durch dünn besiedelte Ortschaften, an almgrünen Hängen und niedrigen Eichenwäldern vorbei, bis zu einer Ansammlung spärlich bewaldeter Felsformationen am Fuß eines Bergzuges. Dort erstreckte sich ein aus grobem Kalksandstein gemauertes und von kleinen Bachläufen umgebenes, weitläufiges Anwesen. Rund um das rosenüberwucherte Hauptgebäude plätscherten zwei Bächlein, drehte sich ein Mühlrad, und ein kleiner Wasserfall ergoss sich lärmend in den Mühlteich.

Der Besitzer hatte rund um die Mühle mehrere Gartenbereiche angelegt. An die zweihundertfünfzig Rosensorten blühten in einem roten, in einem weißen und in einem bunt gemischten Rosengarten. Verschiedene Blumensorten und Stauden luden an gewundenen Wegen, in kunstvoll gestalteten Beeten, in bunt bepflanzten Töpfen, in geflochtenen Körben, und als Umrandungen an romantischen Lauben, auf Holzbänken und gemauerten Steinmauern, zum Verweilen ein.

Ein kleiner Teich schillerte inmitten gelber und blauer Teichlilien, und fette Karpfen schwammen durch das schlammige Wasser. Als Charlotte näher trat, wuselten die dicken Fische in Massen bis vor ihre Füße. Charlotte hatte am Eingang Futtertütchen gesehen, deren Inhalt offenbar erfolgreich an diese Prachtexemplare verfüttert wurde.

Zucchini, Artischocken, verschiedene Kürbissorten und unterschiedliche Kräutersorten versprachen im Herbst in dem üppigen Gemüsegarten eine reiche Ernte. Die Beete waren mit schmuckem, niedrig gekreuztem Weidegeflecht eingezäunt.

Eilige Laufenten lärmten querbeet und machten auf Nacktschnecken Jagd.

In einem Felsgarten wiegten sich in kargen Sandinseln grüne Gräser, gelbe Gräser, rote Gräser und Gräser mit puscheligen Quasten leicht im Wind. Andere hatten lila Spitzen oder lange Fäden an den Enden. Wieder andere kringelten sich in Spiralen.

Charlotte entdeckte immer wieder neue, schön arrangierte Ecken in der großzügigen Anlage und nahm viele Inspirationen für ihren eigenen Garten mit auf den Weg.

Die Zeit verging wie im Flug, und sie machte sich auf die Suche nach einem Picknickplatz, den ihr Maryse empfohlen hatte. Er sollte in der Nähe eines kleinen Dorfes sein, über eine gewundene, steile Straße erreichbar, die einmal im Jahr als Rennbahn für ein Oldtimer-Rennen Schlagzeilen machte.

Charlotte fand das kleine Dorf und die versteckte Auffahrt. An einem verwunschenen Campingplatz vorbei, erwartete sie eine abenteuerliche Fahrt bis zur Spitze des Bergzuges.

Dunkles Grün umhüllte die schmale Straße, die Sonnenstrahlen fielen nur spärlich durch das dichte Laub der Eichen. In einer Kurve entdeckte sie rot blühendes Knabenkraut.

Eine seltsame Stille umhüllte sie.

Als sie schwitzend zwei Haarnadelkurven überstanden hatte, sah sie endlich die Tische und Bänke eines entlegenen Picknickplatzes, unter schattigen Bäumen, vor sich liegen. Ein einsames Pärchen hatte sich einen kühlen Platz gesucht und sein Mittagessen ausgepackt.

Charlotte tat es ihnen gleich. Ein weiter Blick öffnete sich zu ihren Füßen, und sie genoss ihre Käsespezialitäten, das frische Brot und den mitgebrachten Kaffee aus der Thermoskanne.

Noch immer war es seltsam ruhig in dieser atemberaubenden Natur. Kein Vogelgezwitscher störte die Stille. Irgendwie seltsam.

Das Pärchen am Nebentisch erzählte ihr die Geschichte dieser Gegend: im 18. und 19. Jahrhundert blühte hier die Industrialisierung und Hochöfen schossen wie die Pilze aus den Böden. Wasser und Holz gab es im Überfluss, und das Eisenerz wurde aus tiefen Löchern, mit Leitern und Hucken, auf Pferdewagen in die Hochöfen befördert, von wo das Gusseisen seinen Weg in die Bourgeoisie und in die weite Welt fand. Gleich nebenan, erzählten sie, befände sich eine Plattform, von wo man tief in ein solches Erzloch schauen könne.

Charlotte bezwang ihren Wunsch nach einem Mittagsschläfchen und packte ihre Schätze wieder ein. Sie wollte noch eine kleine Steinmühle in dem bescheidenen Dorf besichtigen, durch das sie ihr Weg nach oben geführt hatte.

Vorher schaute sie noch in die schwindelerregende Tiefe auf der Gitterplattform, wo einst Generationen ihre schweißtreibende Arbeit verrichteten. Tief unten wurzelte eine schlanke Birke, die sich mühsam ihren

Weg nach oben, in das Licht, erkämpfte. Es hatte eine gewisse Symbolik, wie sich dieses Stämmchen reckte und streckte, um zu überleben.

Dieses Mal bezwang sie die messerscharfen Kurven auf dem Rückweg mit Bravour.

Die kleine Dorfmühle aus dem 19. Jahrhundert war an diesem Tag für Besucher geschlossen, und Charlotte machte ersatzweise einen ausgedehnten Bummel durch das graue Steindorf.

Bescheidene, aus groben Felsstein gemauerte Häuschen reihten sich im Zentrum dicht an dicht, umrahmt von zwei glasklaren Flüssen und zwei blumengeschmückten Brücken. Die geduckten, kleinen Häuser hatten einen eigentümlichen Charme. An den grauen Steinwänden blühten üppige Rosengewächse, neben den Eingangstüren und auf den Fenstersimsen standen Töpfe mit bunten Blumen.

Ein offener, überdachter Marktplatz und ein von dicken Mauern umgebenes Schloss dominierten die Ortschaft.

Das Dorf bezauberte durch seine Lage zu Füßen des Bergzuges, mit einem satten Grün zwischen hellen, bizarren Felsformationen. Sie nahm sich vor, unbedingt noch einmal dahin zu fahren, alleine schon wegen dieser überwältigenden Natur.

Für den Rückweg wählte Charlotte eine Schnellstraße und war rasch wieder am See.

Dort warteten triefende Wälder, nasse Straßen, und schlammige Gärten auf sie. Die Äste beugten sich unter ihrer schweren Last, überall tropfte es. Es hatte den ganzen Tag wie aus Eimern gegossen, und mehrere Gewitter mit starken Windböen hatten auch in ihrem

Garten etliche Äste und Gegenstände durcheinander gewirbelt.

Der See war bis zu drei Zentimeter unter der Deichgrenze mit Wasser gefüllt, und die Bevölkerung rund um den See zeigte sich besorgt.

Charlotte begann sich ernsthaft Gedanken zu machen, was im Falle eines Überlaufs oder eines Deichbruchs mit ihrem Haus passierte.

Am nächsten Morgen war das kleine Dorf mit der Steinmühle in der regionalen Zeitung auf Seite Nummer 1.

Auch die Sozialen Medien berichteten über das Unglück, das sich dort, nur wenige Stunden nach Charlottes Abfahrt, ereignet hatte. Schwere Gewitter mit extremen Starkregen hatten das Dorf in nur wenigen Minuten unter Wasser gesetzt. Fotos und Videos zeigten die Ausmaße der Katastrophe.

Augenzeugen berichteten: »Am Abend kam dieses wahnsinnige Gewitter, und es hörte einfach nicht mehr auf zu schütten. Wir waren gerade beim Abendessen, als ein seltsames Geräusch uns aufhorchen ließ. Ein Blick durch die Terassentür ließ uns das Blut in den Adern gefrieren. Durch unseren Garten rollte eine haushohe Lawine aus Wasser, Schlamm, Bäumen und Geäst auf uns zu. Das Geräusch verwandelte sich in donnerndes Getöse, und wir rannten so schnell wir konnten in den ersten Stock.«

Die Zeitung berichtete, dass sich die Häuser, die Straßen und die Gärten in wenigen Minuten mit der dunklen, braunen Brühe füllten. Der irrsinnige Wasserdruck ließ Türen und Fenster explodieren und die Autos wurden aus den Garagen gespült. Sie wurden von der Strömung mitgerissen und tanzten wie Papierschiffchen auf den Wasserstraßen.

Eine Frau erzählte, noch sichtlich vom Schock gezeichnet: »Wir haben uns im ersten Stock an die Heizkörper geklammert, das Wasser stand in dem Zimmer brusthoch. Die Möbel schwammen herum, und wir dachten, dass wir nicht mehr lebend aus dem Haus kommen würden.«

Eine Straße des Dorfes war besonders betroffen, und die Häuser standen bis unter das Dach unter Wasser. Die Feuerwehr konnte nicht zu den Gebäuden. Professionelle Taucher schwammen von Haus zu Haus, klopften und riefen, und suchten Kontakt zu den Bewohnern. Erst als das Wasser nach und nach ablief, konnten die Rettungskräfte ihre Einsätze fahren.

Viele hatten alles verloren. Mauern waren zusammengebrochen, ihre Häuser nicht mehr nutzbar, ihre Autos irgendwo verschollen, ihr Hab und Gut verloren.

Die Menschen wurden bei Familienmitgliedern und in Notunterkünften untergebracht. Der Bürgermeister richtete ein Zelt zur psychologischen Betreuung der Opfer ein. Professionelle und ehrenamtliche Hilfsorganisationen taten unermüdlich ihre Arbeit. Freiwillige Helfer kamen von weit her, um die Häuser und Straßen von Unrat und Schlamm zu befreien. Spenden wurden gesammelt.

Eine Welle der Hilfsbereitschaft setzte ein.

Charlotte war starr vor Entsetzen. Vier Stunden vor dem verheerenden Unglück war sie noch in dem Dorf gewesen.

Sie ging zur Bank und plünderte ihr mageres Konto. Es war das Mindeste, was sie für die armen Menschen tun konnte.

Die Zeitung gaben am nächsten Morgen bekannt, dass jeder Bürger rund um den See einen Katastrophenplan zugeschickt bekäme, worin der akute Gefährdungszustand der Häuser bei Unwettern und Überschwemmungen ausgewiesen sei. Eine einfache Grafik zeigte Charlottes Dorf mit seinen Siedlungen und ihrem Haus in der roten Zone. Rot! Das bedeutete die höchste Gefahrenzone.

Charlotte griff zur Cognacflasche und schenkte sich am helllichten Tag einen großen Schluck in das neu gekaufte, bauchige Glas ein.

Sie sank in den Ohrensessel und griff zu Eugénies Tagebüchern:

Die starken Maschinen haben Löcher wie große Wunden in das Land geschlagen. Die mächtigen Geräte bewegen Tonnen von Erde.

Die Söhne unserer Bauern wollen nicht mehr auf den Höfen arbeiten. Sie verdienen am See viel besseres Geld und geben es mit leichter Hand auch wieder aus. Im „Hinkenden Hahn" gibt es jeden Tag Prügeleien, und die Herrschaften werden sturzbetrunken auf die Straße gesetzt. Dort prügeln sie sich weiter; Hüter der öffentlichen Ordnung, auswärtige Ingenieure, fremde Arbeiter sowie, allen voran, unsere Jungbauern. Es ist eine Schande.

*Magali wird immer unerträglicher. Man hat der trauernden Witwe eine Stelle in der Schulkantine beschafft; wenigstens ist sie damit bis zum frühen Nachmittag beschäftigt und aus dem Haus.*

*Aber sie macht mir, macht uns das Leben schwer.*

*Charlotte wächst zügig heran. Sie entwickelt sich zu einem frühreifen Kind, und ihre Mutter schimpft und schreit sie nur noch an.*

*Ich halte das nicht mehr aus.*

Charlotte traute sich kaum weiterzulesen: In den Folgejahren entwickelte sich eine Art Hassgemeinschaft zwischen den beiden erwachsenen Frauen, die sich gegenseitig verachteten, aber auch brauchten. Das heranwachsende Kind stand dazwischen, und als es in die Pubertät kam, ertappte ihre Urgroßmutter Magali dabei, wie diese ihre Tochter schlug.

Es krachte gewaltig zwischen den Erwachsenen, und das Kind flüchtete immer öfter aus dem Haus.

Die Jahre vergingen, die groben Erdarbeiten am See kamen langsam zum Ende. Nach und nach zogen die großen Maschinen ab. Aber die Ingenieurbüros blieben; die Arbeiten verlagerten sich. Dämme wurden gebaut, Zu- und Ablaufkanäle, Hebewerke, ein Hafen. Neue Häuser entstanden rund um den See.

Sie las weiter:

*Charlotte ist manchmal stundenlang weg. Sie schwänzt die Hauswirtschaftsschule, ist oft unauffindbar. Ich habe für Charlotte diesen Schulbesuch erstritten, Magali wollte das Kind von der*

Volksschule direkt in die Fabrik schicken. Aber ich war dagegen. Und ich konnte das auch nur durchsetzen, weil ich das Schulgeld bezahle. Ich will nicht, dass das Kind in eine ungewollte Heirat auf einem versifften Bauernhof oder in einer öden Fabrik landet. Magali kümmert das alles herzlich wenig, aber ich mache mir Sorgen.

Das Kind hat sich verändert, ist aufmüpfig, gibt Widerrede, wird bockig.

Charlotte kommt in die Pubertät, und manchmal sehe ich Blut in ihrer Wäsche. Sie versucht die Flecken zu verstecken, aber ich bekomme es trotzdem mit.

Das Kind wird langsam zur Frau.


Das gelbe Postauto hielt vor dem Haus, und die Postbotin steckte einen Brief in den Kasten.

Charlotte legte die Kladde beiseite. Sie war mit der Jahreszahl 1974 versehen. Dem Jahr ihrer Geburt. In wenigen Tagen würde sie ihren fünfzigsten Geburtstag feiern, obwohl ihr wirklich nicht zum Feiern war. Es gab einfach zu viele offene Baustellen in ihrem Leben.

Als sie zum Briefkasten ging, lugte der unachtsam reingestopfte Brief aus der Klappe.

Das neu gebaute Hotel am Hafen hatte ihr zugesagt. Charlotte hatte sich auf gut Glück beworben, einfach so. Und nun lag die Zusage in ihrem Briefkasten. Sie jubelte, das war wie Ostern und Weihnachten zusammen! Sie würde wieder in ihrem erlernten Beruf arbeiten können, wieder in einem Halbtagsjob, aber weitaus besser bezahlt als in ihrem jetzigen Aushilfsjob.

Sie überlegte: selbst mit diesem Geld konnte sie sich nur geradeso über Wasser halten. Ihre Bank hatte sie wieder vertröstet, das mit der Genossenschaftsversammlung könne noch dauern.

In der Rezeption würde sie Schicht arbeiten müssen. Also an unterschiedlichen Tagen, zu unterschiedlichen Zeiten. Sie brauchte unbedingt noch einen Zuverdienst. Irgendwie.

Ihr Handy klingelte.

»*Bonjour*, Madame Stetten. Hier spricht *Maitre* Millair, ich habe Sie nicht vergessen.

Ich bin immer noch an der Sache mit der *IIBRBS*, beziehungsweise mit der *EPTB* dran. Und ich habe Neuigkeiten für Sie: ein gewisser Albert, also Albert mit Nachnamen, war damals in Ihrer Gegend als *démarcheur* tätig. Er kannte sich aus, er war wohl aus der Umgebung. Und er war ein ausgesprochenes Schlitzohr, hatte den Bauern Preise und Verträge versprochen, die oft nicht ganz sauber waren. Kurz gesagt, in den Unterlagen meines Vorgängers gibt es auf dem Papier der *IIBRBS* so eine Art Pachtvertrag zwischen Ihrer Urgroßmutter und diesem *démarcheur*. Allerdings nur handschriftlich, aber von beiden unterschrieben. Wobei aber weder bei der *IIBRBS*, noch bei der *EPTB* so eine schriftliche Vereinbarung existiert, und leider ist die Katasternummer mit einen dicken Fleck – möglicherweise sogar absichtlich – verschmiert und damit unleserlich geworden. Es handelt sich um ein 34.000 m$^2$ großes Grundstück. Nur um was es sich dabei genau handelt, das weiß ich nicht. Noch nicht.«

Charlotte kannte keinen Anwalt, der irgendwas umsonst machen würde. Also fragte sie den Notar unverblümt: »Was würde es denn kosten, wenn Sie da weiter machen?«

Der Notar räusperte sich: »Nun ja, das ist ein etwas schwieriges Unterfangen. Ich muss in alten Grundbüchern wühlen, und wer weiß, ob ich überhaupt fündig werde.

Mir ist natürlich bekannt, dass Sie noch immer auf Ihr monetäres Erbe warten. Also schlage ich vor, dass Sie mir für meine Recherchebemühungen eine erste Rate von 2.000 Euro vergüten, und ich bei Erfolg eine zweite Rate über 5.000 Euro bekomme. Und das Grundstück exklusiv verkaufen darf. Bei Abschluss des Verkaufsvertrages zahlen Sie mir 10% des Verkaufswertes. Die Restsumme verbleibt natürlich bei Ihnen.«

Das war happig.

Charlotte überlegte, letztendlich hatte sie keine andere Wahl. Sie sagte zu.

»Kann ich das schriftlich haben?«

»Selbstverständlich, und ich bleibe am Ball.«

Der Notar hatte Blut geleckt.


Nach dem Frühstück setzte sich Charlotte gerne, wann immer ihre Zeit es erlaubte, in den Ohrensessel an der Flügeltür zur hinteren Terrasse, um in Eugénies Tagebüchern weiterzulesen. Die nächste Eintragung war brisant:

Heute ist die Bombe geplatzt. Charlotte ist schwanger!

Magali ist völlig ausgerastet und schreit und brüllt wie eine Furie durch das ganze Haus. Sie schmeißt mit Töpfen und Pfannen nach dem Kind.

Charlotte kam zu mir gerannt und hat bitterlich geweint. Sie hat mir erzählt, dass der Vater ein deutscher Werkstudent sei, und dass er inzwischen wieder in sein Heimatland zurückkehren musste. Sie würden sich lieben, aber sein Vertrag in Frankreich sei abgelaufen, und man habe ihn zurückgeordert.

Magali hat Charlotte noch am gleichen Tag halbtot geprügelt. Ich habe meine Enkelin in mein Schlafzimmer geholt, ihre Prellungen und Platzwunden versorgt und sie ins Bett gebracht.

Das arme Kind, sie wird in wenigen Tagen erst Sechzehn. Wie soll das weitergehen? Und wo ist der Vater?

Ich habe Angst und das Kind auch.

Maryse kam rüber gelaufen. Sie hatte verweinte Augen.

Charlotte legte die Kladde beiseite und fragte: »Alles okay bei dir?«

Sie nickte, dann brach sie in Tränen aus.

»Ich schaffe das einfach nicht, mich an den Gedanken zu gewöhnen, dass die Zwillinge im Herbst nicht mehr hier sind. Das Haus wird ohne sie schrecklich leer sein. Und du siehst ja selbst, wir wohnen hier wie auf einer Insel. Wenn sich mal ein Radfahrer in die Siedlung verirrt, ist das schon ein Fest.«

Maryse zerrte an einem breiten Spitzenband an ihrem Handgelenk, was wohl der neueste Modetrend für diese Sommersaison war.

»Im Winter wird es hier trostlos sein. Ich habe einfach Angst davor, in dem großen Haus alleine zu sein.«

»Aber am Wochenende ist doch Gisbert da.«

»Ach Gisbert …«

Es klopfte hart an der Tür. Draußen stand Gawain. Charlotte schaute Maryse erschrocken an.

»Was will der denn hier?«

Maryse zuckte nur die Schultern.

Als Charlotte das Küchenfenster öffnete, spuckte der alte Mann ihr auf die Fensterbank.

»Wie kommen Sie dazu, mich zu verdächtigen? Eine Unverschämtheit ist das. Und eine Frechheit dazu. Noch dazu, wo ich mich die ganze Zeit um den Garten Ihrer Großmutter gekümmert habe. Und jetzt verdächtigen Sie mich eines Einbruchs. Das ist der Dank dafür. Das wird Folgen haben, das schwöre ich Ihnen.«

Er drehte sich auf dem Absatz um und hinterließ zwei fassungslose Frauen.

»Hast du eine Ahnung, was das eben sollte?«

»Keine Ahnung«, Maryse schüttelte den Kopf, »der wird auch immer wunderlicher.«

Sie verabschiedete sich.

Charlotte wischte die Spucke von der Fensterbank. Ihr Blick wanderte zu den flachen Steinen, die sie am Strand gefunden, gründlich gesäubert und bunt bemalt hatte. Hübsch sahen sie aus, da auf der Fensterbank, um einen Topf mit Basilikum drapiert.

Sie griff in den kleinen Eimer, der fast bis zum Rand mit gesammelten Steinen gefüllt war. Und zu Pinsel und Farbe. Ohne nachzudenken malte sie den Grundriss des Sees auf den Stein, setzte einen kleinen Kranich unten rechts in die Ecke und schrieb mit ihrer zierlichen Handschrift „Lac du Der" drauf.

Kritisch betrachtete sie ihr Werk. Da noch ein wenig blaugrüne Farbe, dort noch ein Tupfer Weiß. Es machte was her.

Sie legte die Steine zum Trocknen auf den Gartentisch; die Sonne schien wieder beißend heiß vom strahlend blauen Himmel. Sie klappte daneben die Gartenliege auf und legte die Beine hoch. Der See spülte schaumige Wellen an die aufgeschütteten Felsbrocken am Ufer, und das Wasser schickte ihr eine leise Wassersymphonie nach oben.

**A**m nächsten Tag fuhr Charlotte zu dem Laden, wo sie ihren Badeanzug gekauft hatte. Der verkaufte auch Souvenirs. Meist Souvenirkitsch vom Feinsten.

Sie holte ihre Steine aus dem Rucksack und präsentierte sie der Verkäuferin.

»Würden Sie die in Kommission nehmen?»

Die junge Frau beäugte die Steine: »Na ja, ganz hübsch, was wollen Sie dafür haben?«

Charlotte pokerte hoch.

Die Verkäuferin überlegte kurz; auf ihrer Stirn ratterten die Zahlen.

Sie schaute Charlotte an: »Also gut, abgemacht. Wir können es probieren. Ich nehme die Dinger in Kommission. Mal schauen, ob das was wird.«

Auf dem Rückweg schaute Charlotte besorgt zum Himmel. Seit Tagen war es wieder abwechselnd knallheiß oder unerträglich schwül. Seit wenigen Minuten hingen die Wolken grau und bleischwer über dem See, und die Menschen litten unter der feuchtwarmen Hitze. Nach und nach verwandelte sich der Himmel in eine schwere, graugelbe Wolkendecke und ein fernes Grollen kam immer näher. Kein einziger Tropfen Regen brachte die ersehnte Abkühlung. Dann brach die Hölle los. Grelle Blitze fuhren aus den Wolken, gefolgt von ohrenbetäubenden Donnerschlägen. Der Himmel stand in Flammen!

Charlotte sah schon von weitem die dunkle Rauchsäule. In der alten Siedlung brannte es. Die Touristen sahen hilflos zu, wie sich das Feuer durch das Holz des kleinen Ferienhauses fraß. Sie kamen nicht einmal auf die Idee, ihre Feuerlöscher zu holen oder einen Eimer mit Wasser zu füllen. Sie standen einfach starr vor Schreck und gafften.

Die herbeigerufene Feuerwehr versuchte zu retten, was zu retten war, aber da blieb nicht mehr viel übrig. Es war eines dieser verlassenen Ferienhäuser, das völlig verwahrlost in dem privaten Teil der Anlage stand, das den Flammen zum Opfer fiel. Das Haus war in der billigen Fachwerkvariante gebaut und hatte allerlei Gerümpel an der Seite gestapelt, das mit einer Plane abgedeckt war. Ansonsten wuchs das trockene Gras kniehoch.

Es war nur einem jungen Feuerwehrmann zu verdanken, dass die Flammen nicht auf die Nachbarhäuser übergriffen. Er sprang als erster beherzt in die Hitze und hielt den Wasserstrahl gezielt in das Zentrum der Feuerbrunst.

Der junge Mann wurde wie ein Held gefeiert.

Charlottes fuhr aufgewühlt weiter. Ihr Herz klopfte aufgeregt; sie hatte noch immer die Bilder der Flammen im Kopf, die sich rasend schnell durch die Balken gefressen hatten.

In ihrer Straße standen die Nachbarn in Grüppchen herum und palaverten. Fetzen der Unterhaltung flogen zu ihr rüber:

»Boah, das war knapp.«

»Ich sage euch, hier geht was nicht mit rechten Dingen zu.«

Es fielen Worte wie Brandstiftung, heiße Sanierung, Versicherung.

»Unsinn, das war ein Blitz. Ich hab's genau gesehen!«

»Die Feuerwehr war schnell.«

»Auf die kann man sich verlassen.«

»Tolle Burschen, diese Jungs.«

Die Menge verlief sich.

Auf der Terrasse roch es nach Rauch und Charlotte flüchtete in die Küche. Sie schenkte sich ein Glas Rotwein ein und machte sich ans Werk. Sie malte und pinselte, bis alle Steine aus dem Eimer schön bunt zum Trocknen auf dem Gartentisch lagen.

Zufrieden betrachtete sie das bunte Sammelsurium. Morgen würde sie rund um den See sämtliche Souvenirläden abklappern und ihre Steine anbieten.

Maryse würde ihr sicherlich helfen.

Dieses Mal hatte Kollege Zufall ihm in die Karten gespielt. In das marode Ferienhaus hatte tatsächlich der

Blitz eingeschlagen. Dieses Mal hatte er seine Finger nicht im Spiel gehabt. Aber er würde die Gelegenheit nutzen, um ein paar fette Gerüchte im Dorf zu verstreuen.

Ihre roten Haare würden ihm dabei helfen. Er musste nur die richtigen Worte finden, er musste nur mit den richtigen Deppen reden und ordentlich hetzen.

Alles andere würde wie von selbst laufen.

**D**er Himmel zeigte sich wieder von seiner besten Seite. Unschuldiges Blau mit sahnigen Wölkchen.

Charlotte und Maryse packten die Obststeigen mit den bemalten Steinen bis zum Rand voll, beluden den R4 und fuhren los.

»Ich weiß gar nicht, warum du so meckerst, die Badestrände sind doch voll.«

»Ja schon, aber alles nur Wohnmobil-Touris. Die meisten kommen an das „Meer in der Champagne", so nennen sie das hier, um zu baden oder im Casino zu spielen. Sie nisten in ihren motorisierten Käfigen, essen ihre mitgebrachten Konserven, und fahren wieder nachhause.«

Charlotte schaute sich um und in der Tat, auf den Straßen fuhren vorwiegend Wohnmobile oder PKWs mit Wohnwagenanhängern.

Wenn sie auf einer Anhöhe waren, blitzte der See durch Büsche und Bäume, die halb im Wasser standen. Auf den Sandbänken saßen massenweise Vögel. Es sah so friedlich aus.

Aber schon im nächsten Dorf reihten sich an der Straße Buden mit Sandwichverkauf, Pizza-Automaten und Souvenirläden. Vor den Bistros saßen Leute am Gehweg an kleinen Tischen in der brütenden Sonne und tranken ein Bier. Oder eine Cola. Oder einen Kaffee. Maryse deutete auf die Menschen, die mit sonnenverbrannten Nasen entweder mit ihrem Handy oder mit ihren Landsleuten quatschten.

»Schau sie dir an, da sitzen sie stundenlang vor demselben Glas, vor derselben Tasse und rühren sich nicht vom Fleck bis sie an den Strand gehen oder in ihre Koje fallen. Davon kann kein Wirt leben.«

Charlotte hatte plötzlich Bedenken, ob das so eine gute Idee mit ihren Steinen war.

Doch sie hielt brav vor jedem Souvenirladen und betete ihr Sprüchlein runter. Die Verkäuferinnen hörten freundlich zu und nahmen ihre Steine bereitwillig in Kommission. Als sie einmal rund um den See gefahren waren, waren die Obststeigen leer.

»So, jetzt müssen die Leute nur noch kaufen.«

Charlotte setzte Maryse vor ihrem Haus ab und fuhr ins Dorfamt.

Isabelle hatte sie unterwegs angerufen und ihr mit einem Grinsen in der Stimme mitgeteilt, dass die „Polizeistation" heute den ganzen Tag besetzt sei. Sie könne also zur Protokollierung vorbeikommen.

Die zwei Beamten saßen in dem einzigen öffentlichen Raum und sahen auf, als Charlotte eintrat.

»Ah, Madame Stetten. Schön, sehr schön, dass Sie die Zeit gefunden haben.«

Christian, der Ältere, kramte in einer Schublade. Er drehte sich zu seinem Hilfspolizisten um. »Sag mal

*Doudou*[17], weißt du wo das Protokoll von dem Einbruch ist?«

Der junge Mann bekam einen roten Kopf und seine Pickel blühten in seinem Gesicht wie die Perlen einer Himbeere.

Er zog aus seiner Brusttasche einen Schriftsatz heraus und stammelte: »Äh, also hier. Ich war bei Gawain und habe ihn deswegen befragt.«

»Du hast WAS? Du bist alleine zu Gawain gegangen? Du hast ihn ohne mich befragt?«

Der junge Polizist stammelte: »Ja, aber er ist doch mein Taufpate. Und über drei Ecken mit meiner Familie verwandt.«

Christian donnerte: »Umso schlimmer: Damit bist du erstens befangen, und zweitens machst du in Zukunft niemals, hörst du, niemals eine Befragung alleine, ohne mich. WAS hast du Gawain gefragt?«

Der junge Mann stotterte verlegen: »Also eigentlich nur, ob er was gesehen oder was gehört hat. Weil er doch, habe ich ihm gesagt, weil er doch zum engeren Kreis der Verdächtigen gehört.«

Charlotte ging ein ganzer Kronleuchter auf. Deshalb also war ihr Nachbar voller Wut zu ihr rüber gelaufen und hatte ihr auf die Fensterbank gespuckt.

Und Christian, der Dorfpolizist, war ebenso wütend. Er packte den jungen Kollegen am Arm und zerrte ihn aus dem Raum. Von draußen konnte Charlotte Bruchstücke des Donnerwetters hören, das auf den jungen Mann niederprasselte.

Dann kam Christian zurück. Alleine.

---

[17] *Doudou = Schmusetuch für Kleinkinder, wird aber gerne auch als Kosenamen für Erwachsene genutzt.*

»Entschuldigen Sie bitte den Auftritt. Dem jungen Mann musste ich eben erst ein paar Grundregeln von Polizeiarbeit einbläuen. Können Sie das Protokoll jetzt bitte unterschreiben?«

Charlotte unterschrieb.

Sie konnte sich gut vorstellen, wie ihrem Nachbarn zumute gewesen sein mochte, als er auf seine alten Tage eines Einbruchs bezichtigt wurde. Noch dazu von seinem eigenen Patenkind.

Als sie zuhause die Tageszeitung aufschlug, sprang ihr ein groß aufgemachter Artikel auf der ersten Seite ins Auge. Ein Journalist berichtete über das Feuer in der Feriensiedlung. Er ließ sich lang und breit über den Zustand einiger Häuser aus, mit einem kleinen, aber gezielten Seitenhieb auf die gewählten Vertreter des Dorfes, die nach seiner Auffassung nicht rigoros genug durchgriffen, um die Besitzer der verwahrlosten Häuser zu Renovierungen zu zwingen. Ein wahrer Schandfleck sei das auf dem sonst so großartigen Gelände. In einem weiteren Absatz lobte er das engagierte Verhalten des jungen Feuerwehrmannes, eines gewissen Jules Rigollot, besser bekannt unter dem Namen Doudou und seit Kurzem auch Hilfspolizist im Dorf.

Die Tage plätscherten ohne weitere Zwischenfälle dahin.

Charlotte öffnete die nächste Kladde ihrer Urgroßmutter Eugénie und las weiter:

Charlottes Bett ist leer. Meine Enkelin ist verschwunden.

Ich war mit Magali auf der Polizei. Wir haben eine Vermisstenanzeige aufgegeben, und ich habe Magali unter vier Augen gedroht, sie anzuzeigen, falls sie sich noch einmal an Charlotte vergreift.

Aber Charlotte ist nicht mehr zurückgekommen. Sie ist weg.

Natürlich hat es wieder Gerede gegeben. Und plötzlich weiß jeder was zu erzählen. Die Wirtin vom „Hinkenden Hahn" hat im Dorf getratscht, dass Charlotte des Öfteren mit einem jungen Mann aus Deutschland gesehen wurde. Und die Bäckersfrau erzählt von demselben jungen Mann, der bei ihr immer sein Frühstück gekauft hätte und aus Saint-Dizier gewesen sein soll. Und die hätten Werkstudenten aus Deutschland für die Arbeiten an den See geholt. Die Bäckerin sagte auch, dass besagter junge Mann schon seit Wochen wieder weg und zurück in seine Heimat gegangen sei.

Das passt alles zu dem, was mir Charlotte gebeichtet hat.

Die Tage ziehen vorbei, inzwischen sind es schon Wochen - ohne ein Zeichen von Charlotte. Sie ist weg, und sie wird wegbleiben, das spüre ich.

Jetzt bin ich mit dieser Hexe alleine.

Als Charlotte die Türklinke zum Dorfamt runterdrückte, hörte sie eine erhitzte Menge aufgeregt diskutieren.

Sie hatte eine Frage zu diesen zwei Steuern, die sie dem französischen Staat abdrücken musste: Vermögenssteuer und Wohnsteuer. Von Maryse hatte sie erfahren, dass diese keine Wohnsteuer zahlen musste. Warum also sie?

In dem kleinen Raum hatte sich eine Handvoll Menschen versammelt, die wild durcheinander brüllten.

«*Merde, trois fois merde*[18]. Das hat es ja noch nie gegeben. Deinen Hilfssheriff hat der Größenwahn geküsst.«

»Dein Jammerlappen lümmelt vor unseren Häusern herum, und klebt jedem ein Ticket an die Windschutzscheibe.«

»Doudou hat mir schon zweimal einen Zettel an die Scheibe gepinnt, diese Dumpfbacke.«

»Ich hab schon immer vor meinem Haus geparkt.«

»Ich auch.«

»Mach was, hier hast du den Dreck.«

Der Mob schmiss dem Dorfpolizisten die Strafzettel auf den Schreibtisch. Die Gemüter waren reichlich aufgeheizt, die Stimmung schwappte über.

»Seit dem Scheißartikel in der Zeitung plustert sich Doudou wie ein Pfau auf Brautsuche auf. Der kann

---

[18] *Merde, trois fois merde = Scheiße, drei Mal Scheiße.*

vor dicken Eiern kaum noch laufen. Pfeif ihn zurück, diesen Ausbund an gequirlter Hühnerscheiße!«

Christian sammelte die Strafzettel ein, schaute seinen Kontrahenten entnervt in die erzürnten Gesichter, zerknüllte die Strafzettel und schmiss sie mit geübtem Schwung in den Papierkorb.

»Erledigt.«

Die immer noch aufgebrachte Menge verkrümelte sich.

»Christian, sofort in mein Büro!«

Die Stimme des Bürgermeisters polterte durch den Flur, dann durch die offene Tür bis zu Christians Stuhl. Danach schlossen sich die Pforten.

Aber Charlotte bekam alles mit.

Doudou hatte sich gelangweilt und eigenmächtig die Ferienhaussiedlungen kontrolliert. Und Strafzettel verteilt.

Eine durchgezogene gelbe Linie auf der Straße bedeutet in Frankreich Halteverbot, zwei durchgezogene gelbe Linien absolutes Halteverbot. Beides galt auch in den Ferienhaussiedlungen, und die Feriengäste hielten sich daran. Nur, die alteingesessenen Bewohner der Siedlungen ignorierten die Linien. Ihre dicken Mercedes oder Vans passten nicht mehr in die veralteten, schmalen Zufahrten zu ihren Garagen, und sie ließen ihre Autos gerne auf der Straße stehen. Seit Jahrzehnten. Die inzwischen zu klein gewordenen Garagen dienten sowieso nur noch als Abstellplätze für ihre Getränke.

Diesmal bekam Christian das Donnerwetter ab. Mit Recht.

Charlotte war fassungslos, jemand hatte mit weißer Farbe ein großes, fettes Hakenkreuz auf den Fensterladen zur Straße gemalt. Ähnlich der Schmiererei, die neben den toten Ratten zu sehen war. Für Charlotte war das die gleiche Handschrift.

Das war zu viel. Dieses Mal würde sie das nicht durchgehen lassen. Sie telefonierte. Christian hatte gesagt, er sei für sie jederzeit erreichbar. Tag und Nacht.

»Oh, Madame Stetten, was kann ich für Sie tun?

»Er hat es schon wieder gemacht.«

»Wer hat was schon wieder gemacht?«

»Wer genau weiß ich nicht, aber es ist die gleiche Handschrift wie bei den toten Ratten.«

»???«

»Hallo, sind Sie noch dran?«

»Pardon Madame Stetten, ich verstehe nur tote Ratten. Was für tote Ratten?«

Charlotte erklärte es ihm.

»Bitte nichts anrühren. Wir sind in wenigen Minuten bei Ihnen.«

Christian und Doudou beäugten ausgiebig den Fensterladen. Dann zückte Doudou sein Notizbuch und den Stift.

Christian fragte: »Warum haben Sie das mit den Ratten nicht bei uns gemeldet?«

Charlotte wand sich: »Ich war gerade ganz neu angekommen und wollte keinen Aufstand machen.«

»Aha, und jetzt? Warum jetzt?« Doudou riskierte eine dicke Lippe.

»Doudou, ich führe hier die Vernehmung, halte dich da bitte raus.«

Herr Wichtig zog sich beleidigt zurück.

»Haben Sie einen Verdacht, Madame Stetten?«

Charlotte schaute hilflos von Christian zu Doudou und wieder zurück.

»Doudou, hol das Pulver aus dem Auto. Wir müssen Fingerabdrücke nehmen.«

Doudou entschwand maulend.

»Also, raus mit der Sprache.«

»Mein Nachbar Garwain war kurz vorher bei mir. Er hat mir aufs Küchenfenster gespuckt, weil ich ihn angeblich des Einbruchs verdächtigt habe. Maryse kann es bezeugen; sie war gerade bei mir. Und er meinte, dass dies Folgen haben werde.«

Doudou war mit dem Pulver so schnell wieder zurück, dass Charlotte nicht weitersprechen konnte.

»Okay, wir werden jetzt Fingerabdrücke nehmen und die Nachbarschaft, wie auch Ihren gesamten Bekanntenkreis, zu einem Plauderstündchen in die Polizeistation einladen.«

Charlotte konnte sich denken, was das wieder für Wogen schlagen würde.

Sie konnte nicht anders. Wann immer ihre Zeit es erlaubte, griff sie zu den Kladden und las aufgeregt weiter:

*Sie hat es mir gesagt. Magali hat es mir ins Gesicht geschrien. Charlotte hat eine Tochter auf die*

Welt gebracht und ist bei der Geburt gestorben. Aber ihr Kind, meine Urenkelin, lebt!

Wir hatten uns wieder einmal bis aufs Blut gestritten, und in ihrer Wut und Verbitterung hat Magali mir die Wahrheit an den Kopf geschleudert. Sie hat das Kind zur Adoption freigegeben, will mir aber nicht sagen, wo es lebt. Nur, dass es in Deutschland zur Welt gekommen sei. Charlotte muss wohl nach dem Vater ihres Kindes gesucht haben. Deshalb ist sie nach den Prügelattacken ihrer Mutter von uns weggelaufen.

Ich bin verzweifelt, aber gleichzeitig auch glücklich. Ich habe meine Enkelin verloren, aber eine Urenkelin gewonnen.

Ich habe keine Ahnung, wo sie ist. Diese Hexe hat den deutschen Behörden jeglichen Kontakt mit ihrer Familie untersagt. Und sie schweigt über ihren Aufenthalt wie ein Grab.

Ich bin so hilflos.

Charlotte litt mit ihre Urgroßmutter. Es musste für die alte Frau Tag um Tag unerträglicher geworden sein. Sie klappte das Tagebuch zu. Sie musste aufpassen, dass ihre Gefühle nicht zerbrachen, dass sie sich nicht in irgend etwas verrannte.

Sie entschied, sich um ihre Steine zu kümmern. Sie würde rund um den See fahren, um nach ihren Verkaufserfolgen zu fragen; sie musste auf andere Gedanken kommen.

Charlotte packte die frisch bemalten Mustersteine ein. Einer Eingebung folgend hatte sie neue Motive erprobt. Alles was ihr in der Natur oder in den Dorfstraßen gefiel, malte sie in Miniaturform auf die flachen Steine. Manchmal verfiel sie in außergewöhnliche Farbkombinationen, die die Steine zu kleinen Kunstwerken machten. Immer wieder mit dem Schriftzug „Lac du Der" und ihren Initialen darauf.

Alle Steine waren verkauft. Die Verkäuferinnen wollten mehr, auch mit den neuen Motiven, und Charlotte versprach, mit neuer Ware zu kommen. Sie musste eine Nachtschicht einlegen, denn inzwischen hatte sie ihren neuen Job angetreten.

Charlotte war überglücklich, endlich wieder an der Rezeption in einem Hotel zu arbeiten. Das ungewohnte Reservierungsprogramm hatte sie schnell drauf, nur der Ansturm auf die Hotelzimmer hielt sich noch in Grenzen. Das Hotelmanagement musste sich etwas einfallen lassen, um die erwarteten Massen einzufangen.

Die KollegInnen waren allesamt nett. Sie kamen teilweise von weit her. In der Champagne waren die Arbeitsplätze nicht gerade gesät. Charlotte war dankbar, dass sie diesen Job ergattert hatte. Die Frage stellte sich nur, für wie lange?

Als Charlotte in die Unterpräfektur fuhr, um ihre steuerlichen Ausgaben abzuklären, erfuhr sie, dass alle Bürger in Frankreich für ihre Zweitwohnungen und Ferienhäuser Steuern zahlen müssen. Die sogenannte Wohnsteuer. Nur für ihren ersten Wohnsitz wären sie steuerfrei. Viele Franzosen deklarierten aber ihre Ferienhäuser oft nicht und vermieteten sie schwarz. Eine Unart, die der französische Staat in diesem Jahr mit Vehemenz in Angriff nehmen wolle.

Und sie, als EU-Bürgerin, dürfe zwar in Frankreich wohnen, müsse ihr Haus aber als Zweitwohnung, also als Luxusgut, in Frankreich versteuern.

Mist.

Frustriert ging sie wieder zu dem algerischen Restaurant mit dem sensationellen Couscous.

Das hatte in der Zwischenzeit renoviert. Charlotte erfuhr, dass der Besitzer in Rente gegangen sei, und nun der Enkel übernommen habe.

Sie bewunderte das renovierte Restaurant: ein neuer Fußboden aus Marmor, neue Tische, neue Stühle. Die Fenster waren frisch geputzt. An den Wänden leuchteten mediterrane Farben, orientalische Leuchter verbreiteten ein warmes, gebrochenes Licht, und unter den Glasplatten der Tische funkelten Mosaiken.

Die Oma werkelte weiterhin in der Küche, und das Essen war so gut wie vorher. In einer Glasvitrine lockten hausgemachte Süßigkeiten als Nachtisch.

Als sie an ihrem Stammplatz aus dem Fenster schaute, sah sie Maryse in die gegenüberliegende Praxis gehen. Wieder alleine.

Dieses Mal übermannte sie die Neugier, und nachdem sie bezahlt hatte, schaute sie sich das Praxisschild genauer an. Auf der blankpolierten Messingtafel standen zwei Namen, einer von einem Psychiater, der andere war ein Psychotherapeut. Charlotte runzelte die Stirn. Maryse hatte offenbar psychische Probleme.

Was war da los? Sie beschloss, ihre Nachbarin etwas aufmerksamer zu beobachten.

**A**ls sie zuhause ankam, holte sie die Kladden aus dem Versteck. Sie war neugierig; die Tagebücher ihrer Urgroßmutter machten süchtig. Sie fuhr fort zu lesen:

Es wird immer schlimmer mit Magali. Sie spielt ein grausames Spiel mit mir. Im Dorf tritt sie als die fürsorgliche Schwiegertochter auf, die sich um die alte Mutter ihres verstorbenen Mannes kümmert. Aber in meinem Haus habe ich nichts mehr zu sagen. Sie beobachtet mich. Sie gängelt mich. Sie schreit mich grundlos an. Die Streitereien und Kämpfe machen mich mürbe.

Als ich heute im Gottesdienst war, drehte sich die halbe Kirche nach mir um und begann zu tuscheln. Ich habe mich gefragt, welche Gemeinheiten Magali jetzt wieder in die Welt gesetzt haben mag?

Abbé Magnus hat mich beiseite genommen. Die Leute reden, hat er gesagt, und sie würden sich fragen, warum ich meine Schwiegertochter so schlecht behandele. Wo diese mich doch auf Schritt und Tritt unterstützen täte.

Dieses Biest, diese Schlange. Sie stichelt und hetzt im Dorf.

Ich war schrecklich wütend auf Magali und habe Abbé Magnus alles erzählt. Von ihren endlosen Krächen mit Charlotte, von ihren fürchterlichen Schlägen, von Charlottes Verletzungen, und dass meine Enkelin in Deutschland nach dem Vater ihres Kindes gesucht hat, und dass sie dort bei der Geburt ihrer Tochter verstorben ist. Ich habe ihm von Magalis Adoptionsfreigabe erzählt, und dass sie meiner Urenkelin jeglichen Kontakt zu ihrer Familie untersagt hat.

Abbé Magnus war tief erschüttert. Er hatte von all dem keine Ahnung gehabt und will mir helfen.

Nur wie?

Christian war nicht blöd; er musste eine Lösung finden, um Doudou zu beschäftigen.

»Wir haben von ganz oben Order bekommen, eine wichtige Erhebung zu machen. Ich dachte, du bist für diese verantwortungsvolle Aufgabe der richtige Mann.«

Doudous Brustkorb schwoll an und drohte, die Uniform zu sprengen. Eifrig fragte er nach: »Eine wichtige Erhebung? Worum handelt es sich?«

»Wir sollen eine Bewertung machen. Alles was sich rund ums Dorf bewegt soll für einige Tage gezählt und katalogisiert werden. Das muss sorgfältig und verlässlich gemacht werden, und da dachte ich an dich.«

Der zweite Knopf an Doudous Uniformjacke knirschte gewaltig.

»Am besten stellst du dich an unseren Dorfkreisel von acht bis zwölf und von vierzehn bis achtzehn Uhr. Die Aufstellung muss nach PKWs und LKWs und nach Motorrädern und Mopeds gemacht werden. Und wenn ein Radfahrer auftaucht, vermerkst du den gesondert.«

»Und was mache ich mit den Fußgängern?«

»Ich sehe, du denkst mit, Doudou. Selbstverständlich müssen die extra gelistet werden.«

Der Knopf sprang auf den Boden.

Doudou stellte den Dienstwagen etwas weiter entfernt unter einen schattigen Baum und platzierte einen roten Klappstuhl und einen roten Sonnenschirm mitten auf den einzigen Kreisel im Dorf. Auf den Knien balancierte er einen großen Block und Stift. Daneben stand ein Kasten Wasser. Es war heiß.

Die Dorfbewohner kamen und gafften, die Touristen kamen und zückten ihre Kameras. Alle wollten Doudou im roten Klappstuhl unter dem roten Sonnenschirm sehen.

Doudou war eifrig am Zählen. Er hatte mächtig zu tun.


Maryse hatte Charlotte von der roten Touristenattraktion im Kreisel erzählt, aber dann fing sie wieder an, über die anstehende Abreise der Zwillinge zu jammern.

Auch Charlotte würde die Jungs vermissen. Die beiden waren zwei richtige Sonnenscheinchen und brachten ihr regelmäßig gesammelte Steine vorbei. Sie hatten sogar ihre Kumpels aus der Schule aufgefordert, für sie flache Steine zu suchen. Manchmal schmiss so ein kleiner Naseweis sein Fahrrad an ihren Zaun, riss an der Hausglocke und stellte ihr einen Schuhkarton mit flachen Steinen vor die Tür.

Für Nachschub war also gesorgt.

Aber Maryse machte ihr Sorgen. Ihre Nachbarin benahm sich seltsam. Nicht nur, dass sie fast kein anderes Thema mehr als die anstehende Abreise der Zwillinge hatte, sie saß oft mit glasigem Blick vor ihr und zerrte ständig an ihrem Armschmuck.

Und eines Tages, als sich der lange Ärmel ihrer luftigen Seidenbluse verschob, sah sie es. Maryse hatte dicke Narben an ihrem linken Handgelenk. Sie hatte versucht, sich die Pulsadern aufzuschneiden. Charlotte war erschüttert. Aber sie traute sich nicht, Maryse darauf anzusprechen.

Und dann passierte es wieder.

Die Feuerwehr brauste mit Blaulicht vor das Nachbarhaus. Doudou sprang als erster aus dem Wagen. Ein Krankenwagen folgte kurze Zeit später.

Sie hatte es wieder getan.

Gisbert kam am nächsten Tag mit tiefen Ringen unter den Augen zu Charlotte und hatte dunkle Schatten im Gesicht.

»Ich habe sie in der Badewanne gefunden, wo sie sich die Pulsadern mit einem Teppichmesser aufgeschlitzt hat. Weiß der Teufel, woher sie das hatte. Ich habe nach ihrem ersten Versuch immer darauf geachtet, dass solche Dinge nicht im Haus sind.«

Charlotte blieb fast das Herz stehen. Es war ihr Teppichmesser. Sie hatte es Maryse geliehen, weil diese damit die Plastikbänder eines angelieferten Pakets aufschneiden wollte.

Sie gestand es Gisbert mit Tränen in den Augen.

»Das ist alles meine Schuld. Maryse kam zu mir rüber gesprungen und erzählte mir von den neuen Schultaschen der Zwillinge, die sie online bestellt hatte.«

Charlottes Stimme begann zu zittern: »Die wären gerade angeliefert worden, und Maryse fragte nach meinem Teppichmesser, und…«, Charlotte schluchzte und wischte sich die Tränen von den Wangen, »und damit, damit…«

Es war einfach zu viel. Sie brach in lautes Weinen aus.

Gisbert nahm sie in den Arm und tröstete sie: »Das ist nicht deine Schuld, Charlotte. Woher solltest du das auch wissen? Maryse ist inzwischen über dem Berg, aber sie muss vorerst im Krankenhaus bleiben. Anschließend kommt sie in eine psychosomatische Klinik. Und danach sehen wir weiter.«

Er schluckte schwer.

»Ich habe die Zwillinge zu meinen Eltern gebracht, bis sie ins Internat kommen. Sie werden vorerst nicht mehr hierherkommen.«

Er tat sich schwer, den Tatsachen ins Auge zu sehen.

Charlotte merkte plötzlich, dass Maryse mehr als nur eine Nachbarin für sie gewesen war. Sie war ihr zur Freundin geworden. Und sie vermisste sie.

Man durfte sie nicht besuchen, aber Gisbert berichtete Charlotte regelmäßig über ihre Fortschritte.


Eines Tages kam Gisbert nicht mehr an den See. Auch an den folgenden Wochenenden nicht. Er rief sie an und erzählte, dass er die Wohnung, die er sich bislang in einem der Außenbezirke von Paris angemietet hatte, gekauft habe und vorläufig in Paris bleiben wolle.

Das große Haus nebenan stand leer.

Charlotte fühlte sich plötzlich sehr alleine, schlimmer noch, sie bekam Angst.

Der Hochsommer verabschiedete sich mit kurzen Gewittern, und der Wind pfiff oft recht böig vom See. Die Sommergäste verschwanden nach und nach und machten den Ornithologen Platz. Der See war für seine Vielfalt an durchziehenden Vögeln bekannt.

Verschiedene Komitees begannen sich damit zu beschäftigen, die international bekannte Fotoausstellung zu planen, die im Herbst über 100.000 Besucher aus aller Welt herbeilocken würde. Auch, um die über 200.000 Kraniche am See zu beobachten, die dort auf ihrer langen Reise in den Süden Zwischenstation machten.

Charlotte kochte sich einen Kaffee, setzte sich in den Ohrensessel und griff zu den Tagebüchern ihrer Urgroßmutter:

Abbé Magnus hat mir einen Zettel mit einer Adresse in die Hand gedrückt. Ich soll zu diesem Notar gehen und ein Testament machen. Zugunsten meiner unbekannten Urenkelin.

Mein Gott, wie stellt er sich das nur vor? Wenn das rauskommt, werden mich die Leute in Stücke reißen. Aber Abbé Magnus hat gesagt, dass es Mittel und Wege gebe, die mich und meinen Ruf schützen würden. Er habe sich bei dem Notar erkundigt.

Er hat für mich einen Termin bei diesem Notar gemacht und mir aufgeschrieben, was ich an

Unterlagen mitnehmen müsse, damit alles seine Ordnung habe. Als Magali in der Schulkantine war, habe ich den Bus in die Bezirksstadt genommen.

Ich bin alt geworden. Die Busreise hat mich angestrengt, und das Gespräch in der Stadt noch mehr.

Ich habe mein Testament gemacht. Der Notar hat mir alles erklärt. Er hat eine Lösung gefunden, um allem Gerede vorzubeugen. Magali kann bis zu ihrem Tod in meinem Elternhaus leben, danach erbt meine Urenkelin mein Hab und Gut. Das Ersparte, das Haus, und das Grundstück dazu.

Und er würde sich darum kümmern, das Kind zu finden.


**D**ie Flaschen klirrten in den beiden Einkaufskörben, als Charlotte den holperigen Ackerweg entlangfuhr.

Sie ärgerte sich. Welchem Depp von Gemeindevertreter war es zu verdanken, dass die Bewohner der Siedlungen ein gutes Stück auswärts ins Feld fahren mussten, um ihre Flaschen zu entsorgen?

Vor den Containern war frischer Kies aufgeschüttet worden. Im Sommer knallte die Sonne unbarmherzig auf den hellen, aufgeschütteten Kalk, bei Regen versaute man sich den Wagen.

Sie stellte das Auto quer zum ersten Container und begann ihre Flaschen einzuschmeißen. Bei jeder Flasche knallte es zuerst geräuschvoll, dann zerbarsten die Flaschen mit einem lauten Scheppern im Inneren.

Von Pfandflaschen waren die Franzosen noch weit entfernt.

Als sie eine kurze Pause machte, um den nächsten Korb zu leeren, hörte sie ein leises Fiepen.

Die nächste Flasche landete im Container.

Da, wieder.

Charlotte hielt inne, und ihr Blick wanderte ins trockene Gras. Hinter dem Container fiepte es wieder.

Sie lief um die erste Tonne herum. Das klägliche Fiepen wurde lauter. Ein struppiges Fellbündel lag im Schatten eines Busches und war mit einem Strick am dicksten Ast festgebunden. Als sie näherkam, schauten sie zwei haselnussbraune Augen tieftraurig an. Das Hundchen hechelte.

Charlotte lief zum Wagen und holte ihre Flasche Wasser aus dem Auto und goss sie in eine angeschlagene Glasschüssel, die vor dem Container lag. Das Hundchen tauchte erst die ganze Schnauze in das Wasser, dann schlabberte es schneller und immer schneller die Schüssel leer.

»Welcher Barbar hat dich hier ausgesetzt, du armer Kerl?«

Charlotte packte den Welpen ins Auto und fuhr schnurstracks in die Tierklinik.

»Soweit ich das feststellen kann, ist das Tier gesund, aber sehr geschwächt. Es ist ein Rüde, ungefähr vier Monate alt. Er hat vier Zecken. Ich könnte die entfernen, ihm eine Aufbauspritze geben und ihn entwurmen. Würden Sie die Behandlung zahlen?«

Charlotte überlegte nicht lange und sagte zu.

Nach der Behandlung packte sie den Welpen wieder ins Auto und fuhr heim. Nicht ohne vorher noch ein paar Dosen und einen Beutel Futter in der

Tierpraxis gekauft zu haben. Auf Anraten der Sprechstundenhilfe packte sie noch ein Paket mit durchsichtigen Plastikbeuteln und passenden Einweghandschuhen obendrauf.

Zuhause stellte sie dem Tier eine Schüssel Wasser und eine Schüssel Futter vor die Nase. Das Hundchen stürzte sich drauf und fraß alles leer. Zufrieden legte es sich in die mit einer Decke ausgefütterte Obststeige und schlief sofort ein.

Charlotte traute ihren Ohren kaum; das Hundchen schnarchte.

Frisch geduscht, kam unter den verklebten Haaren ein niedlicher Welpe mit lockigem, rehbraunen Haar zum Vorschein.

»Was mach ich denn jetzt mit dir? Gehörst du jemandem? Wohl eher nein, sonst hätten sie dich nicht mit einem Strick um den Hals ausgesetzt. Eine Sauerei ist das.«

Charlotte setzte den Welpen ins Auto und fuhr ins Dorfamt.

Christian saß vor dem Laptop und guckte Löcher in die Luft. Doudou popelte in der Nase und kam seiner wichtigsten Tagesbeschäftigung nach: er schob den Kaugummi von links nach rechts, von einer Backe zur anderen, und wieder zurück.

»Ah, Madame Stetten, was gibt's denn jetzt schon wieder?«

Beide Polizisten schauten sie erwartungsvoll an.

»Können wir etwas für Sie tun?« Christian überschlug sich fast vor Höflichkeit. Auf der Wache war tote Hose.

»Ich möchte eine Anzeige machen.«

Doudou zückte sein Notizbuch und den Kugelschreiber. Der Kaugummi rotierte.

»Eine Anzeige? Sie wollen eine Anzeige machen? Worum geht's denn?«

»Um ein Hundchen.«

Charlotte schaute in zwei Gesichter, die in eine Neuauflage von Pat und Patachon gepasst hätten.

»Es geht um einen Hund?«

Christian schaute verblüfft. Diese Touristen, diese Stadtmenschen, vorneweg diese Ausländer, waren immer für eine Überraschung gut. Aber eine Anzeige wegen eines Köters war ihm bislang noch nicht untergekommen.

Doudou puhlte mit dem Kugelschreiber in seinem rechten Ohr.

»Können Sie sich bitte ausweisen. Ich brauche Ihren Personalausweis.«

»Ich habe Ihnen doch erst kürzlich meinen Ausweis gezeigt. Ich bin Ihnen bekannt. Und dem da«, Charlotte deutete auf den grinsenden Doudou, »dem da auch. Was soll also der Sch …?«

Sie konnte sich gerade noch bremsen.

»Tut mir leid, Madame Stetten, aber wir haben unsere Vorschriften. Ohne Ausweis können Sie keine Anzeige machen.«

Doudou feixte blöde.

Charlotte schäumte, es war ganz offensichtlich, dass die beiden Polizisten blockierten. Sie wühlte in ihrer Tasche und fand endlich ihr Portemonnaie mit dem gewünschten Ausweis.

»Da, bitte schön!«

Christian legte die Karte, ohne einen Blick darauf zu werfen, beiseite.

Charlotte bohrte: »Also?«

Christian stieß einen hörbaren Seufzer aus, starrte auf den Bildschirm seines PCs und fing an zu tippen.

»Name?«

»Also, wirklich! Das ist Schikane. Erstens kennen Sie mich persönlich, und zweitens steht der auf meinem Personalausweis.«

Christian schaute von seiner Tastatur zu Charlotte.

»Nicht IHR Name. Den Namen des Hundes. Ich brauche den Namen des Hundes, um eine Anzeige zu erstellen.«

– Pause –

Christian fragte nach: »Also? Ich muss einen Namen eintragen.«

»Äh, Hund? Vielleicht Hund?«

»Hund ist kein Name, das ist eine Tiergattung. Sie müssen mir schon den Namen sagen.«

Doudou hörte nicht auf zu feixen.

Charlotte überlegte. Ihr Blick wanderte durch den Raum, aber außer ein paar Urkunden hing nur noch die Nationalfahne neben dem französischen Präsidenten an der Wand.

Ein erleichterter Seufzer hob ihre Brust: »Macron, er heißt Macron.«

Es gab einen lauten Knall.

Doudou leckte sich die Reste seiner Kaugummiblase von den Lippen und murmelte ein leises: »Tschuldigung.«

Christian verzog keine Miene und hämmerte im Zweifingersuchsystem in die Tastatur.

»Also, Macron. Der Hund heißt Macron. Und sie wollen eine Vermisstenanzeige aufgeben?«

»Nein, keine Vermisstenanzeige.«

»Ja, also was dann? Hat jemand Ihrem Hund ans Bein gepinkelt?« Christian erlaubte sich ein Grinsen über seinen Scherz.

»Nein, der Hund ist ausgesetzt worden. Er wurde mit einem Strick hinter den Glascontainern an einen dicken Busch gebunden. Das ist Misshandlung von Tieren, das ist Misshandlung eines Lebewesens!«

Die beiden Uniformierten schauten Charlotte an, als wäre sie direkt aus dem Irrenhaus entsprungen.

»Sie wollen bitte, was?«

Charlotte wiederholte nochmals ihr Anliegen. Christian tippte die Angaben widerstrebend in seinen Computer.

Dann ratterte ein Drucker und Isabelle überbrachte den Ausdruck.

»So, bitte hier einmal unterschreiben.«

Charlotte griff zum Stift, las sich die Angaben durch und unterschrieb.

Christian räusperte sich: »Ähem, Sie hören von uns.«

Drei Augenpaare schauten Charlotte nach, als sie das Gebäude verließ.

Im Auto begrüßte der Welpe sie mit freudigem Gequietsche und Abschlecken.

Wieso hatte sie das ungute Gefühl, dass ihre Anzeige in dem Moment, in dem sie den Polizisten den Rücken kehrte, im Papierkorb landen würde?

Im „Hinkenden Hahn" ging es hoch her. Gawain spielte verrückt: seine Nachbarin verdächtige ihn wegen eines Einbruchs, neuerdings sogar wegen irgendwelcher Schmierereien.

Er fuchtelte mit den Händen und verschüttete fast die Hälfte seines Biers.

»Seitdem diese Deutsche hier aufgetaucht ist«, geiferte er, »gibt's nur Zoff.«

»Gawain, nun krieg dich mal wieder ein, bei mir waren die auch wegen des Einbruchs und auch wegen der Schmierereien.«

»Bei mir auch.«

»Bei mir auch.«

»Christian und Doudou tun nur ihre Pflicht.«

Aus der Ecke tönte eine Stimme: »Ich sage euch, mit der Deutschen stimmt was nicht. Seitdem die hier ist, passieren üble Dinge im Dorf. «

Lärm machte sich breit, und am Tisch sprachen alle durcheinander.

»Stimmt, in diesem Sommer passieren eigenartige Sachen. Vor kurzem hat sogar ein Glascontainer gebrannt.«

»Das war ne Bombe.«

»Wassen für ne Bbbombe, hä?«

»Sei still Gustave, und trink dein Bier. Philippe, noch ein Bier für Gustave!«

»Und das soll die Deutsche gewesen sein?«

»So ein Quatsch, das waren die besoffenen Touristen, die ihre Flaschen vor die Container schmeißen und zerschlagen. Da genügt ein Sonnenstrahl und schwupps! brennt's da lichterloh.«

»Nee, nee, das waren die Ultras.«

»Wassen für ne Uhu… Uhultras, hicks?«

»Sei still Gustave, und trink weiter. Philippe, noch einen Schnaps für Gustave!«

Das Gesprächsniveau hatte seinen Höhepunkt erreicht.


Charlotte war fleißig gewesen und packte neue Steine in die Obststeigen. Sie wollte nach der Auslieferung noch bei den Supermärkten vorbeifahren, um nach flachen Pappkartons zu fragen. Die erwiesen sich als ideales Transportmittel für ihre Steine.

Sie hatte die Steigen in den Laderaum des R4 verstaut, als sie noch schnell ein paar fertiggestellte neue Motive vom Terrassentisch holte und in einen Korb vor den Beifahrersitz stellte.

Der Herbst zeigte sich langsam. Die Straßen glänzten noch feucht von dem kürzlich heruntergekommenen Regenguss, und die Luft roch sauber. Die Blätter an den Büschen und Bäumen glänzten wie frisch geölt. Charlotte leierte die Seitenscheiben runter, um die frische Morgenluft ins Auto zu lassen.

Es war noch früh am Morgen und wenig Verkehr. Ein Wagen mit belgischem Kennzeichen fuhr vor ihr und kam plötzlich aus der Spur. Das Fahrzeug torkelte auf die andere Straßenseite und wieder zurück. Charlotte bremste ab, aber die Bremsen griffen nicht. Der Wagen brach aus, und sie versuchte noch, den Kastenwagen in den Griff zu bekommen.

Vergeblich.

Sie fuhr in einen Straßengraben, es polterte im Laderaum wie ein Lawinengewitter, und der Korb mit den Steinen vor dem Nebensitz flog ihr um die Ohren. Es gab ein hässliches Geräusch, als sie mit dem Kopf auf das Lenkrad knallte. Die Hupe fing an zu kreischen. Dann verlor sie das Bewusstsein.

Im Krankenhaus sagten sie ihr, dass sie unglaubliches Glück gehabt, und nur eine Gehirnerschütterung und ein paar Prellungen habe. Aber sie müsse noch ein paar Tage zur Beobachtung auf der Station bleiben.

Am nächsten Tag klopfte es an ihrer Zimmertür.

»Madame Stetten?«

Ein hochgewachsener Mann in Zivil stellte sich vor: »Ich bin Kriminalhauptkommissar Dupuy, Maxime Dupuy aus der Bezirksstadt. Ihr Arzt meinte, dass Sie jetzt vernehmungsfähig seien.«

Vernehmungsfähig? Charlotte blinzelte, sie hatte noch immer starke Kopfschmerzen. Hatte sie etwas verbrochen? Hatte sie jemanden umgefahren? Schlimmer noch, hatte sie jemanden totgefahren? Sie konnte sich einfach an nichts erinnern, hatte keine Ahnung, was in den letzten 24 Stunden passiert war. Sie hatte einen kompletten Blackout.

Der Kriminalhauptkommissar versuchte es ihr zu erklären.

»Ich muss Ermittlungen aufnehmen, weil ihre Bremsen manipuliert wurden. Jemand hat sich an den Bremskabeln zu schaffen gemacht. Ihr Auto wird gerade untersucht, aber sie werden wenig Freude an ihm haben, wenn es freigegeben wird.«

Jemand hatte an ihren Bremsen manipuliert? Charlottes Kopfschmerzen verstärkten sich. Sie japste nach Luft: »Jemand hat versucht, mich umzubringen?«

Kriminalhauptkommissar Dupuy räusperte sich: »Sieht ganz danach aus. Der Wagen ist hin, der ist nur noch Schrott«, dann lächelte er kurz, »aber wir haben wenigstens Ihre Ware retten können. Sehr schöne Steine übrigens. Wir haben sie aufgesammelt und in Sicherheit gebracht. Wenn Sie entlassen werden, können Sie sie bei uns im Kommissariat abholen.«

Der Kriminalhauptkommissar fragte geradewegs weiter: »Haben Sie Feinde, kennen Sie jemanden, der Ihnen Böses will?«

Charlotte zögerte ein wenig, dann erzählte sie ihm in kurzen Worten von ihrer Familie, von ihrem Erbe, von den toten Ratten, von den Hakenkreuzen und von dem Einbruch in ihrem Haus.

Dupuy hörte aufmerksam zu und machte sich ein paar Notizen.

»Wo ist Macron?«

»Wie bitte? Ich habe nicht die geringste Ahnung, wo sich unser Präsident zurzeit aufhält. Warum fragen Sie?«

Charlotte schüttelte den Kopf, ließ es aber sofort wieder sein. Jede Kopfbewegung verursachte ihr einen unangenehmen Schwindel.

»Ich meine meinen Hund. Mein Hund heißt Macron.«

Der Kriminalhauptkommissar konnte sich ein leichtes Grinsen nicht verkneifen.

»Ah, ach so. Nein, einen Hund haben wir nicht gefunden. Vielleicht ist er rausgesprungen? Die Fenster waren nach unten gekurbelt.«

Er legte ihr eine Karte auf den Nachttisch.

»Wenn Sie entlassen werden, rufen Sie mich bitte an. Bis dahin habe ich sicherlich noch ein paar Zusatzfragen an Sie. Ich wünsche Ihnen gute Besserung und noch einen schönen Tag.«

Eine halbe Stunde später stürmte Maryse in ihr Krankenzimmer. Sie war völlig aufgelöst.

»Ich bin sofort gekommen, als ich von deinem Unfall hörte. Sie hätten mich sowieso in wenigen Tagen entlassen. Wie geht es dir? Wie ist das passiert? Bist du schwer verletzt? «

Maryse beugte sich zu ihr runter und schaute ihr ins Gesicht. Charlotte schob sie ein wenig weg. Ihr wurde plötzlich heiß. Die Nähe war ihr in ihrem jetzigen Zustand einfach zu eng.

»Alles gut, nur eine Gehirnerschütterung, ein paar Prellungen«, murmelte sie, »aber der Wagen ist im …, also der ist hin.«

Maryse winkte ab. Sie wirkte seltsam aufgeräumt, fast unbeschwert.

»Du kannst jederzeit mein Auto haben. Die Kripo war bei mir im Haus. Stell dir vor, die verdächtigen alle in deinem Umfeld. Mich auch. Christian und Doudou trampeln in unseren Häusern herum, wie die Ochsen auf dem Mist. Und dieser Dupuy auch.«

Charlotte kam nicht zu Wort.

»Du kannst dir gar nicht vorstellen, wie die Gerüchte im Dorf brodeln. Im „Hinkenden Hahn" werden wieder mal die unglaublichsten Geschichten verbreitet. Die Kripo ermittelt wegen des Einbruchs bei dir und wegen versuchten Mordes.«

Charlotte war sprachlos.

»Wenn du nachhause kommst, brennt die Hölle. Sag mir Bescheid, wenn du entlassen wirst. Ich hole dich ab.«

Eine resolute Krankenschwester betrat das Krankenzimmer.

»So, nun müssen wir aber gehen. Wir wollen die Patientin doch nicht kränker machen als sie ist, nicht wahr? Wir gehen jetzt alle brav nachhause.«

Maryse rollte mit den Augen.

**A**n Charlottes Entlassungstag stand Maryse pünktlich vor dem Eingang des Krankenhauses. Ihre Freundin wirkte völlig gelöst und plapperte munter drauf los.

»Du kannst in der ersten Zeit zu mir ziehen, bis du wieder auf den Beinen bist. Gisbert will sich scheiden lassen und überlässt mir das Haus. Er ist sehr großzügig und will mir einen Laden am See finanzieren. Ich fühle mich so frei wie schon lange nicht mehr«, sie holte tief Luft, »und es geht mir gut, sehr gut sogar.«

Sie half Charlotte ins Auto.

»Unsere Ehe hat schon lange nicht mehr funktioniert, nur noch auf dem Papier gestanden. Gisbert hat schon seit Jahren eine Freundin in Paris. Ich habe mich die ganze Zeit verzweifelt an die Zwillinge geklammert, und das war ein Fehler. Die Jungs sind jetzt im Internat. Ich darf sie wegen dieses Zwischenfalls, du weißt schon, vorerst nur dort besuchen. Zu mir dürfen sie in der nächsten Zeit nicht kommen, aber das ist auch völlig in Ordnung für mich. Wir brauchen alle etwas Abstand.«

Charlotte staunte nur. Und blieb eine Woche bei Maryse, bis sie wieder sicher auf den Beinen stand.

Sie machten in dieser Woche lange Spaziergänge am See, tauschten sich aus, fuhren in die Kreisstädte der drei Departements, wo Maryse sich Ideen für ihren Laden holte.

»Ich werde einen Frisiersalon mit Kosmetikstudio aufmachen. Ich bin gelernte Friseurin und Visagistin, ich habe sogar einen Meisterbrief. Bevor ich Gisbert kennenlernte, hatte ich einen eigenen Salon in Paris. Aber als ich mit den Zwillingen schwanger wurde, habe ich den Salon verkauft.«

Charlotte sah ihre Freundin plötzlich mit ganz anderen Augen.

»Neben dem Fremdenverkehrsamt sind Räumlichkeiten freigeworden, und ich stehe in Verhandlung mit der Eigentümergemeinschaft. Die vorderen Räume sind für den Frisiersalon ideal. Nach hinten gibt es noch Lagerräume, und wenn ich die geschickt renoviere, kann ich da Einzelkabinen für das Kosmetikstudio einbauen lassen.«

Die Augen von Maryse blitzten und funkelten voller Tatendrang.

»Gisbert hat über einen Anwalt bereits alles geregelt, und er ist wirklich großzügig. Er überlässt mir das Haus, zahlt die Pacht so lange bis der Laden läuft, und natürlich auch den Unterhalt für die Zwillinge. Ich habe freie Hand, das Geschäft nach meinen Vorstellungen zu gestalten. Ich muss nur noch das richtige Personal finden und sehen, dass ich Profit mache. Ich freue mich irrsinnig auf diese neue Aufgabe«, Maryse grinste Charlotte vergnügt an, »und deine Steine werde ich dort natürlich auch verkaufen.«

Das Handy klingelte.

»Was machst du nur für Sachen, Kindchen? Wie geht es dir? Kann ich irgendwie helfen? Soll ich zu dir kommen?«

Die gute Seele. Charlotte hatte Henriette nur auf dem Anrufbeantworter erreicht und ihr eine kurze Nachricht hinterlassen.

»Wer macht denn sowas? Du hast niemanden was getan! Was sind das nur für schreckliche Leute, diese Franzosen?«

Henriette ließ Charlotte nicht zu Wort kommen, zu viele Fragen brannten ihr auf der Seele.

»Wieso hat eure Polizei den Kerl noch nicht gefunden. Was machen die eigentlich den ganzen Tag? Ständig nur „*l'amour pur*[19]“, immerzu gut Essen und Trinken, und den lieben Gott einen guten Mann sein lassen, oder wie oder was?«

Henriette schnaufte empört. Und Charlotte ergriff ihre Chance:

»Schon gut, Tante Henny, da kümmern sich die Dorfpolizei und ein Kriminalhauptkommissar aus der Bezirksstadt drum. Die werden den Kerl sicher bald haben.«

»Das will ich denen aber auch geraten haben. Sonst komme ich persönlich vorbei und mache denen Beine.«

Charlotte musste grinsen. Henriette war kein Wort der französischen Sprache mächtig, und sie stellte sich ein lustiges Durcheinander zwischen der tempera-

---

[19] L'amour pur – frei übersetzt: Liebe machen

mentvollen Henriette und der dörflichen Obrigkeit vor. Oder mit Dupuy.

Ach du liebe Zeit, Dupuy! Den hatte sie total vergessen.

Sie hielt das Gespräch mit Henriette kurz und verabschiedete sich: »Ich melde mich nochmal in den nächsten Tagen, Tante Henny. Vielleicht weiß ich dann mehr.«

Sie wandte sich an Maryse: »Kannst du mich nach Vitry fahren? Ich muss ins Kommissariat.«

Maryse schmiss ihr die Autoschlüssel zu.

»Ich warte auf Bewerberinnen für mein Geschäft. Nimm die Schlüssel. Du kannst das Auto gerne den ganzen Tag haben.«


Vitry-le-François offenbartes sich als elegantes kleines Städtchen mit rund 13.000 Einwohnern.

Charlotte war um die Mittagszeit losgefahren und hatte noch etwas Zeit bis zu ihrem Termin bei Dupuy. Staunend betrachtete sie den barocken Triumphbogen mitten in der Stadt, das würdevolle Rathaus, die poppigen Boutiquen und die gemütlichen Cafés. Oberflächlich betrachtet machte die Bezirksstadt einen wohlhabenden Eindruck. Aber wenn man in den Einkaufsstraßen genauer hinschaute, sah man auch da den einen oder anderen Laden geschlossen oder mit einem Schild im Schaufenster „Zu vermieten" versehen. Das dicke Geld saß ein Stück weiter im Norden, wo die Champagnerhäuser mit den großen Namen die Gewerbesteuern in die kommunalen Kassen spülten.

Charlotte fühlte sich in dem Städtchen sofort wohl und bummelte die Haupteinkaufsstraße entlang, wo sie in einer Seitengasse ein kleines Bistro fand, das ihren Finanzen für ein Mittagessen entsprach. Ihr mageres Portemonnaie verkraftete eine bretonische *Galette*[20] mit viel Käse und ein bauchiges Glas Cidre. Sie kam mit dem Besitzer ins Gespräch, der ihr von seiner Heimat im Norden der Republik erzählte und augenscheinlich an einem hohen Heimweh nach Meer und Strandsegeln litt.

Der Wirt empfahl ihr zum Abschied einen Verdauungsspaziergang auf dem Friedhof an der Stadtausfahrt in Richtung See.

**D**upuy bat sie Platz zu nehmen. Der Kriminalhauptkommissar trug wieder Zivil.

Bislang hatte Charlotte noch keinen Franzosen getroffen, der sie sonderlich interessierte. Bei Dupuy kam sie ins Grübeln. Der Mann sah nicht nur gut aus, er war höflich und hatte auch Charme.

»Wir haben uns natürlich gefragt, warum man Ihnen nach dem Leben trachtet. Und vor allem wer? Sie hatten mir im Krankenhaus ein wenig aus ihrem Leben erzählt. Dazu hätte ich noch ein paar Fragen. Ist das in Ordnung für Sie? Geht es Ihnen wieder besser?«

Charlotte nickte. Die Kopfschmerzen gehörten der Vergangenheit an.

---

[20] *Galette – bretonischer Pfannkuchen aus Vollkornmehl*

»Nach unseren Recherchen haben Sie keinerlei lebende Verwandte in Frankreich. Und in Deutschland gibt es nur eine Tante mit Kindern und Enkelkindern. Haben Sie Probleme in Ihrer deutschen Verwandtschaft? Oder mit Freunden, oder ehemaligen Kollegen?«

Charlotte verneinte vehement: »Nein, auf keinen Fall.«

»Und in Frankreich? Ich brauche eine Liste mit allen Namen der Leute, mit denen Sie seit Ihrem Aufenthalt in meinem Land Kontakt hatten, und in welcher Angelegenheit auch. Und denken Sie daran, wenn ich alle sage, meine ich auch wirklich alle, selbst wenn es nur für ein paar Minuten war.«

Charlotte versprach, ihm diese Liste zu erstellen.

Als sich Dupuy verabschiedete, hielt er ihre Hand für einen kurzen Moment länger fest als notwendig war.


Als Charlotte zurück in Richtung See fuhr, sah sie das Schild zum Friedhof und erinnerte sich an die Worte des Wirtes.

Umso entsetzter war sie, als sie neben dem Gemeindefriedhof mit zwei Beinhäusern, einen alten Militärfriedhof entdeckte, auf dem rund 4.000 Militärleichen aus den Kriegsjahren 1914 bis 1918 aufgesammelt und begraben waren. Vitry unterhielt im Ersten Weltkrieg ein wichtiges Militärkrankenhaus, von wo ein großer Teil der Gefallenen aus der Schlacht in der Marne versorgt und im schlimmsten Fall auch dort begraben wurde.

Warum hatte der Wirt sie hierher geschickt?

Charlotte fühlte sich ziemlich mies, als sie aus dem Städtchen fuhr. Das Erbe ihrer deutschen Vorfahren lastete schwer auf ihren Schultern.


**B**eim „Hinkenden Hahn" schlugen die Wellen am Dienstagstammtisch wieder hoch. Haushoch.

»Mich hat er über eine Stunde in die Zange genommen.«

Philippe plusterte sich auf, als er das Bier vor die Runde stellte.

»Und dich auch, nicht wahr, Lucille? Als würden wir…, als hätten wir…, ja, ja doch, gleich, ich komm ja schon.«

Philippe drehte ab, die Touristen vom Nebentisch maulten lautstark, wo denn das bestellte Bier bliebe.

»Diese Typen nerven, haben nie Zeit, nicht mal im Urlaub«, grummelte Philippe vor sich hin.

Christian ergriff das Wort: »Dieser Kripomensch war bei uns auf der Wache und will dort ein Vernehmungszimmer einrichten. Wie stellt der sich das vor? Wie soll das gehen? Wo wir uns sowieso schon auf den Füßen rumtrampeln.«

Isabelle, die Gemeindesekretärin, klinkte sich ein: »Wenn der gelackte Kripofuzzi aus der Stadt auch noch in meinem Büro rumturnt, kündige ich.«

Philippe brüllte über das Geklapper und Geklirre seiner besseren Hälfte, die schmutzige Gläser auf den Tresen stapelte: »Bei uns ist doch das Vestibül frei, oder?« Er drehte sich wieder Christian zu, »Frag ihn doch mal, ob er es haben will. Kostet aber ein paar Taler, nicht wahr, Lucille?«

Lucille hörte auf zu klappern. Bei Geldfragen wurde sie wachsam.

Christian überlegte laut: »Warum nicht? Fragen kostet ja nichts. Ich werde ihn fragen, Philippe, damit deine bessere Hälfte das gierige Glitzern aus den Augen bekommt.«

Die Wirtsleute strahlten unisono.

Doudou knallte eine dicke Kaugummiblase in die Runde: »Ich kann den Kerl nicht ab. Der stört.«

»Halt den Mund, Doudou, dich hat keiner gefragt. Also gut, Philippe, ich frag den Herrn Kriminalhauptkommissar, der gibt sich morgen im Dorf die Ehre.«


**E**in leises Fiepen an der Terassentür weckte Charlotte am frühen Morgen.

»Macron? Bist du das, Macron?«

Das Fiepen wurde lauter, dann ein zartes Wuff. Charlotte hatte Macron noch nie bellen gehört. Sie schmiss die Beine aus dem Bett und rannte an die Terassentür.

Da saß das braune, verdreckte Fellbündel und guckte sie treuherzig an.

»Macron, ach Macron, du bist wieder da!«

Charlotte hob den kleinen Hund hoch und drückte das schmutzige Tierchen fest an ihre Brust.

»Ach, Macron, ich hab dich so vermisst.«

Sie knuddelte und streichelte das Tierchen, dann füllte sie die Näpfe, und der Welpe stürzte sich ausgehungert über das Futter.

Charlotte schaute am nächsten Morgen in den Spiegel über dem Waschbecken. Sie zog mit dem Zeigefinger und Mittelfinger ihrer rechten Hand ein „V" an ihren Augenwinkeln, dann die Haut an der Kinnlinie, diesmal mit denselben Fingern parallel geschlossen, bis ans Ohr. Ein tiefer Seufzer entfloh ihren Lippen.

Heute war ihr fünfzigster Geburtstag.

Aufmerksam betrachtete sie ihr Gegenüber: Inzwischen braun gebrannt, schauten ihr grüne Augen unter einer langen, roten Lockenmähne entgegen.

»Meinst du, dass man mir meine fünfzig Jahre ansieht, Macron?«

Das kleine Fellbündel sah sie arglos an.

»Ach Macron, du hast es gut. Du wirst immer wie ein junger Hund aussehen; das hat jedenfalls der Tierarzt gemeint. Du wirst immer so klein bleiben. Und deine Ohren werden nicht wachsen, deine Nase auch nicht, und Falten bekommst du garantiert auch keine. Weißt du Macron, wir Frauen müssen ewig jung aussehen. Wir müssen cremen, wir müssen schmieren, wir müssen turnen, weil wir sonst …«

Auf der Straße hupte es ausdauernd. Die Huperei hörte nicht auf, und Charlotte eilte zur Tür.

Vor dem Haus stand eine breit grinsende Maryse neben einem senfgelben Twingo und warf ihr einen Schlüssel zu.

»Das ist deiner. Herzlichen Glückwunsch zum Geburtstag, und viel Spaß mit deinem neuen Gefährt.«

Charlotte blieb der Mund offenstehen.

»Nun schau nicht so dumm drein. Die alte Madeleine hat ihren Führerschein abgegeben und sich von ihrem Twingo getrennt. Sie hat mir das Autochen fast nachgeworfen. Die Kiste hat fast zwanzig Jahre auf dem Buckel, ist aber noch keine 35.000 km gefahren. Die beiden von der Tanke haben technisch alles überprüft und für gut befunden. Du hast noch TÜV für ein ganzes Jahr, und für deine Steine ist im Kofferraum auch genügend Platz. Also, das ist mein Geburtstagsgeschenk an dich.«

Charlotte fehlten die Worte. Vorsichtig umschlich sie das senfgelbe Gefährt. Das Auto war blank geputzt, kein Kratzer war zu sehen, von innen und von außen sehr gepflegt.

»Also? Bist du bereit für eine Spritztour?«

Zwei Frauen und ein Hund krabbelten in den kleinen Flitzer.

»Was meinst du, wollen wir das Schöne mit dem Nützlichem verbinden?«

Maryse blinkerte mit den Augen. Das tat sie immer, wenn sie sich etwas in den Kopf gesetzt hatte.

»Ich brauche ein paar Kisten Champagner für meine Eröffnungsfeier. Wir könnten nach Bar-sur-Aube fahren, da kenne ich einen Champagner-Winzer, der macht für einen sehr vernünftigen Preis einen sehr guten Champagner. Außerdem ist die Fahrt dorthin wunderschön.«

Charlotte hatte keine Ahnung, was ein vernünftiger Preis für Champagner sein könnte, noch weniger was einen sehr guten Champagner ausmachte. Für solchen Luxus hatte sie kein Geld übrig.

Aber wunderschöne Fahrt klang gut.

Sie zuckte mit den Schultern und legte den ersten Gang ein.

»Also, welche Richtung?«

Die Fahrt führte durch die abgeernteten Felder, durch Wiesen und Wälder, durch verschlafene Dörfer, bis die Gegend immer hügeliger wurde. Die ersten Rebenreihen tauchten auf.

In einer steilen Kurve gestattete das buschige Grün am Straßenrand einen kurzen Blick auf ein altes Städtchen zu Füßen imposanter Weinberge.

»Schade, dass man hier nicht halten kann.«

Maryse grinste Charlotte an: »Das würde ich dir auf keinen Fall raten. Hier kommen uns Touristen entgegen, die schon reichlich Champagnerproben hinter sich haben, und auf der unübersichtlichen Biegung kracht's gerne mal.«

Charlotte schaltete vor Schreck in den falschen Gang.

Ein Schild tauchte auf: „Bar-sur-Aube, verschwistert mit Gernsheim, Deutschland".

»Hach, das kenne ich doch. Das liegt am Rhein, ungefähr 60 Kilometer im Süden von Frankfurt entfernt. Da war ich schon mal, auf so einem tollen Fischerfest.«

Das Städtchen ähnelte so gar nicht seiner deutschen Partnerstadt. Es lag zwar auch an einem Fluss, der dem 5.000 Einwohner zählenden Provinzstädtchen einen Teil seines Namens gab, aber die Aube war weit nicht so stattlich wie der Rhein in der Rheinebene bei Gernsheim. Eine mächtige Mühle und ein massives Wehr prägten inmitten üppiger Weinberge das Bild der mittelalterlichen Stadt. An jeder Straßenecke prunkten Schilder von Champagnerherstellern. Ein schön bemaltes Schild lockte auf zwei Rundwege in die Weinberge.

»Im Juni ist hier ein großes Käsefest und im Oktober wird alles rund um den Champagner gefeiert. Beides solltest du nicht verpassen.«

Für das eine war es zu spät, für das andere zu früh. Und auch der Champagnerwinzer hatte geschlossen. Eine Frau war gerade dabei den Verkostungsraum abzuschließen.

«Ach, Sie machen schon zu?«

In Maryses Zügen spiegelte sich plakative Enttäuschung.

Die Frau klapperte mit den Schlüsseln.

»Wir schließen heute etwas früher. Wir gehen ab morgen in Urlaub. Wollten Sie Champagner kaufen?«

Maryse nickte hoffnungsvoll: »Ja, wir sind wegen ihres Champagners extra vom Lac du Der hierher gefahren.«

Die Frau schloss wieder auf. Und nahm sich alle Zeit der Welt. Sie holte mehrere Champagnerflaschen aus dem Kühlschrank und füllte zwei Gläser. Dann stellte sie Macron eine Schüssel mit Wasser vor die Nase und schüttelte sich vor Lachen, als sie seinen Namen erfuhr.

Sie unterhielten sich über Gernsheim, und dass die Winzerfamilie alle zwei Jahre in die deutsche Partnerstadt fahre, um auf dem Fischerfest ihren Champagner zu verkaufen.

Nach dem zweiten Schluck hob Charlotte abwehrend die Hände.

»Wirklich schade, aber ich muss noch fahren.«

Aber Maryse nicht. Und das machte sie der Winzerfrau charmant deutlich. Madame hatte entweder schon fertig gepackt oder stellte die Aussicht auf ein lukratives Geschäft allem voran. Sie plauderte weiter: »Unser Verschwisterungskomitee verkauft bei dieser Gelegenheit erfolgreich Käse aus unserer Gegend. Champagner und Käse, das passt immer.«

Sie schenkte Maryse kräftig nach.

Nachdem Maryse sechs oder sieben Sorten forsch durchprobiert hatte, zog sie mit zehn Kästen Champagner glückselig ab.

Und schnarchte auf dem Rückweg unisono mit Macron um die Wette.

**D**ie Befragungen schleppten sich dahin. Dupuy hatte das Vestibül und einen Vereinsraum im „Hinkenden Hahn" konfisziert. Lucille und Philippe waren sauer. Der Rubel rollte nicht wie erwartet, weil die Obrigkeit aus der Bezirksstadt die Räumlichkeiten als Staatsbedarf beschlagnahmt hatte.

Nacheinander trudelte das gesamte Umfeld von Charlotte in den Vernehmungsraum ein.

»*Bonjour* Madame. Sie sind mit Madame Stetten gut befreundet, nicht wahr?«

»Jaaa?«

»Sie ist also Ihre Freundin und auch Ihre unmittelbare Nachbarin. Ist Madame Stetten in Ihrem Viertel beliebt?«

Maryse wusste darauf keine Antwort. Gisbert schon gar nicht.

»Das war nicht der erste Vorfall, nicht wahr? Hat Madame Stetten in Ihrer Nachbarschaft Feinde?«

»Feinde? Na ja, das ist vielleicht etwas hoch gegriffen. Aber der eine oder andere ist nicht besonders gut auf sie zu sprechen.«

»Madame? Bitte, lassen Sie sich nicht die Würmer aus der Nase ziehen, und sprechen Sie im Klartext.«

Gawain kam ins Gespräch. Das war nicht zu umgehen, er hatte zu oft seinen Missmut über seine neue Nachbarin zum Ausdruck gebracht. Und Maryse nahm kein Blatt vor den Mund.

»Er war über das Auftauchen einer Deutschen im Haus seiner langjährigen Freundin nicht besonders glücklich, wissen Sie. Er war im Zweiten Weltkrieg als Kind in der *Resistance*[21], danach Soldat in Algerien. Am Stammtisch hat er aus diesen Zeiten schlimme Sachen erzählt. Und als Charlotte in das Haus von Magali zog, brachen alte Wunden auf. Gawain ist ein alter Mann, der nicht so schnell vergessen, der nicht so schnell verzeihen kann.«

»Vielen Dank, Madame. Wir brauchen noch Fingerabdrücke und eine DNA-Probe von Ihnen. Bitte gehen Sie ins Nebenzimmer, meine Kollegen von der örtlichen Polizei werden Ihnen behilflich sein. Der nächste, bitte!«

»Also mein Mann und ich, wir kennen die Deutsche nur als Gast. Sehr oft war die nicht bei uns. Vielleicht ein- oder zweimal.«

»Also was nun? Ein oder zwei Mal?«

Lucille überlegte: »Na ja, wenn Sie mich so fragen? Einmal, sie war bei uns nur einmal essen. Eine seltsame Person. Und es gibt jede Menge Gerüchte …«

»Was für Gerüchte?«

---

[21] *Resistance = Widerstand*

»Äh, also Genaues weiß ich nicht. Aber man spricht über sie.«

»Wer ist „man"?«

»Jeder, alle.«

»Dann machen Sie mir bis morgen eine Liste Ihrer Gäste, die über Madame Stetten herziehen, ähem, gesprochen haben.«

»Ich soll was? Das kann ich nicht! Das geht gar nicht! Ich kann doch nicht meine Gäste verpfeifen! Und ich war auch nicht immer dabei. Was sollen denn meine Gäste von mir denken, wenn ich so eine Liste mache?«

Der Kriminalhauptkommissar schaute streng.

»Keine Ausrede, bitte. Sie bekommen immer alles mit und hängen sich auch überall rein, hat man mir erzählt. Ich will die Liste bis morgen früh um 09.00 Uhr bei mir auf dem Schreibtisch haben, verstanden? Spätestens!«

Philippe schwieg. Er hatte in Gegenwart seiner Frau nichts zu sagen – und in der Einzelvernehmung auch nicht viel mehr.

»Wir brauchen noch Fingerabdrücke und eine DNA-Probe von Ihnen. Bitte gehen Sie ins Nebenzimmer, meine Kollegen von der örtlichen Polizei werden Ihnen behilflich sein. Der nächste, bitte!«

Isabelle, die Gemeindesekretärin hatte nur freundliche Worte: »Sie ist eine sehr angenehme Person. Zahlt immer pünktlich ihre Abgaben und Steuern. Es gab nie Schwierigkeiten mit ihr.«

Dupuy hakte nach: »Keine besonderen Vorkommnisse wegen ihr?«

Isabelle dachte nach: »Doch, einmal hat einer so eine blöde Bemerkung im Rathaus gemacht.«

Der Kriminalhauptkommissar runzelte die Stirn.

»Wer war das?«

Isabelle klärte ihn auf: »Das war unser Baustoff-händler.«

Dupuy machte sich einige Notizen.

»Vielen Dank, Madame. Wenn ich noch Fragen habe, melde ich mich bei Ihnen. Wir brauchen noch Fingerabdrücke und eine DNA-Probe von Ihnen. Bitte gehen Sie ins Nebenzimmer, meine Kollegen von der örtlichen Polizei werden Ihnen behilflich sein. Der nächste, bitte!«

Das Technikerpärchen von der Tankstelle mit Werkstatt war auf Protest gebürstet.

»Also, damit Sie gleich Bescheid wissen: Wir hatten den R4 wieder auf Vordermann gebracht. Und als wir den zurückgegeben haben, war die alte Karre tipptopp in Ordnung. Und die Bremsen picobello. Uns können Sie damit nicht ans Bein pinkeln. Und bevor Sie weiterfragen, wir habe null Ahnung, wer für die Sauerei verantwortlich sein könnte.«

Dominique und Claude verteidigten vehement ihre Berufsehre.

»Schon gut, wir werden das nachprüfen.«

Der Kriminalhauptkommissar sagte nicht, dass sie schuldig, aber auch nicht, dass sie unschuldig seien. Er hielt alles offen.

»Wir brauchen noch Fingerabdrücke und eine DNA-Probe von Ihnen. Bitte gehen Sie ins Neben-zimmer, meine Kollegen von der örtlichen Polizei werden Ihnen behilflich sein. Der nächste, bitte!«

»Also ich kenne Madame Stetten nur als Kundin. Eine langwierige Geschichte. Sie ist ziemlich unge-duldig und rennt uns fast die Bank ein. Sie kann einfach nicht das Prinzip der Genossenschaftsbanken verstehen und fragt fast jede Woche nach, wann die Gelder endlich freigegeben werden. Sonst weiß ich nichts über sie. Und ob sie Feinde hat? Dazu weiß ich nichts zu sagen.«

Dupuy seufzte. War hier eine kollektive Amnestie ausgebrochen? Wenn das so weiterging, saß er noch im nächsten Jahr in dieser Abstellkammer.

»Wir brauchen noch Fingerabdrücke und eine DNA-Probe von Ihnen. Bitte gehen Sie ins Nebenzimmer, meine Kollegen von der örtlichen Polizei werden Ihnen behilflich sein. Der nächste, bitte!«

Das polizeiliche Zweierpack polterte herein.

«Wer von Ihnen hat die Vernehmungen geführt?«

Christian hob den Finger: »Ich, Herr Kriminalhauptkommissar. Doudou ist nur mein Assistent.«

Doudou plusterte sich auf; als er das „nur“ hörte: »Ich war immer dabei. Ich habe jedes Wort notiert. Von der Deutschen und von allen anderen auch.«

Der Kaugummi knallte.

»Doudou, ich bitte dich.«

»Ist doch wahr!«

»Ich rede von deinem Backenzahnpflaster.«

Doudou guckte beleidigt: »Hä?«

»Ich habe Ihre Protokolle studiert. Wer kommt, Ihrer Meinung nach, für den Anschlag in Betracht?«

Christian und Doudou fielen sich gegenseitig ins Wort.

»Ruhe! Einer nach dem anderen, bitte. Und in Kurzform, wenn ich bitten darf! Also …?«

»Gawain!«

«Genau, Gawain!«

143

Kürzer ging nicht. Dupuy seufzte und schickte alle nachhause. Er überlegte, ob er sich bei den Wirtsleuten einmieten sollte.

Henriette hatte aufgelegt. Und tippte erneut auf einen Kontakt in ihrem Handy.

»Hallo Susanne, ich habe eben mit Charlotte telefoniert. Ich sag's dir, da geht einfach alles drunter und drüber in diesem Frankreich.«

»Haben sie den Mörder noch immer nicht gefunden?«.

Henriette war irritiert.

»Ach so, du meinst den Kerl, der die Bremsen manipuliert hat. Also, noch ist das kein Mörder, Susanne. Charlotte lebt ja noch. Aber diese Polizeiarbeit in Frankreich lässt doch sehr zu wünschen übrig.«

Henriette ließ ihrem Frust freien Lauf.

»Diese Franzosen sind einfach nur hochgradig nutzlos. Die zwei Dorftrottel von Polizisten tappen völlig im Dunkeln, und jetzt haben sie noch so einen Schreibtischhengst vom Kriminalamt eingeschaltet. Nur, diese Trottel-Soko bringt einfach nichts auf die Reihe. Ich überlege, ob ich mich nicht in den nächsten Zug setze und zu meiner Nichte fahre.«

»Henriette, du bist keine Ermittlungsbeamtin. Du warst einmal die kleine Tippse von einem Staatsanwalt. Das ist gefühlte Jahrhunderte her.«

»Für mich nicht. Und du hast absolut Recht, ich fahre.«

»Henriette! Rede keinen Stuss, ich habe ganz bestimmt nicht gesagt, dass du fahren sollst!«

Aber Henriette hatte schon aufgelegt.

Ihr fiel fast das Handy aus der Hand. Charlotte schnappte nach Luft.

»Tante Henny, du bist WO?«

Charlotte hatte noch Schlaf in den Augen und rieb sich müde die Lider.

Henriette erklärte ihr um 07.00 Uhr morgens, dass sie die schnellste Verbindung von Frankfurt genommen habe und auf dem Weg nach Bar-le-Duc sei, wo sie in Kürze ankommen würde.

»Tante Henny, ich fasse es nicht. Wieso sitzt du in einem Zug nach Frankreich, ohne das vorher mit mir abzusprechen? Außerdem ist Bar-le-Duc ungefähr 60 km von mir entfernt! Da muss ich durch einen Gebirgszug, und da ist um diese Zeit meist noch dicker Morgennebel.«

»Ich habe mir Sorgen gemacht, Kindchen. Große Sorgen sogar. Ich versuche dich seit Tagen telefonisch zu erreichen. Du bist nicht ans Handy gegangen.«

Charlotte seufzte. Ihr Handy war runtergefallen, und sie musste erst in die Stadt fahren, um jemanden zu finden, der das gute Stück reparieren konnte. Ein iPhone gehörte in der Champagne nicht zu der üblichen Handy-Marke, und es dauerte ein paar Tage bis sie wieder online war.

»Ich dachte, du freust dich, Kindchen, wenn ich dich besuchen komme. Außerdem habe ich mich wirklich gefragt, was da bei dir los ist. Ich bin fast die ganze Nacht durchgefahren, nur um dich zu sehen.«

Charlotte verkniff sich jeden Kommentar ob Henriettes einsamer Entscheidung.

»Ich brauche ungefähr eine Stunde, Tante Henny, dann bin ich da.«

»Schön, ich warte auf dich am Bahnhof.«

Was sonst?

Charlotte schmiss ihre Handtasche ins Auto und packte Macron in den offenen Kofferraum mit Hundegitter.

»Dass du mir keine Schande machst, hörst du? Ich hab genug mit dem Überfall von Tante Henny am Bein, da brauche ich nicht noch zusätzliche Scherereien.«

Manchmal jaulte Macron zum Gotterbarmen, wenn er im Auto saß, manchmal schaute er interessiert in die Landschaft, manchmal schlief er ein und schnarchte laut.

Heute war Landschaft angesagt.

Die Fachwerkhäuser verwandelten sich langsam in graue Steinhäuser. Die Gegend wurde erst hügelig, dann immer bergiger.

Zwischen niedrigem Wald und schmalen Weiden tauchten kleine Steindörfer, mal malerisch halb verfallen, mal schmuck hergerichtet, auf.

Charlotte war noch nie in der Renaissance-Stadt, im Departement Meuse, gewesen, hatte aber schon viel über das Städtchen gelesen, das seine Blütezeit zwischen dem 16. und 18. Jahrhundert hatte.

Die 16.000 Einwohner Präfektur lag in einem engen Tal, und war in eine Ober- und in eine Unterstadt geteilt. Sieben Brücken überquerten den Fluss Ornai, der von dem schiffbaren Rhein-Marne-Kanal begleitet wurde.

In der Innenstadt herrschte reges Treiben. Schöne Geschäfte säumten die Hauptstraße, und in manchen Auslagen wurde die Spezialität des Städtchens angeboten: eine rote Johannisbeerkonfitüre, deren Beerenkernchen mit einer Gänsefeder mühsam von Hand entfernt werden. Ein Haufen Arbeit, den sich die Hersteller gut bezahlen ließen. Namhafte Häuser aus allen Herren Länder gehörten zu den Abnehmern, vorwiegend die Vereinigten Staaten von Amerika, der Mittlere und Ferne Osten, aber auch Harrods in London.

Endlich fand sie den Bahnhof.

»Tante Henny!«

Die beiden Frauen umarmten sich.

Auf dem Bahnsteig waren sie eine kleine Sensation. Henriette hatte eine unerwartete Ähnlichkeit mit ihrer Nichte, obwohl sie keine Blutsverwandten waren. Beide waren mit einer dichten, roten Lockenmähne gesegnet, was im Grunde die Ähnlichkeit ausmachte.

Henriette war die jüngere Schwester von Charlottes verstorbenen Adoptivmutter und nur 16 Jahre älter als ihre Nichte. Man hätte sie für Schwestern halten können.

»Ich wusste gar nicht, wie schön unser Nachbarland ist. Die Fahrt war sehr angenehm; ich habe die ganze Zeit im Speisewagen gesessen, mich mit dem nettem Personal auf Deutsch unterhalten, und mir bei Tagesanbruch die Landschaft angeschaut. Ich bin durch zwei wunderschöne Bergzüge gefahren. Hast du auch Berge am See?«

Charlotte musste lachen.

»Nein, da ist es ziemlich platt. So eine Art englische Parklandschaft. Ab und zu ein Hügel, damit die Radwanderer was zum Strampeln haben, aber im Großen und Ganzen ist das eine bewaldete Hochebene.«

Auf der wenig befahrenen Departementalstraße bekam Henriette ein atemberaubendes Spektakel geboten. Ein Rotwildrudel setzte in weiten Sprüngen elegant über die Straße. Henriette bekam große Augen und klatschte begeistert in die Hände.

»Mein Gott, wie aufregend. Und so schön.»

Als der See in Sicht kam, verstummte Henriette völlig und schaute andachtsvoll auf das weite, silbrige Wasser.

**M**acron und Henriette wurden ein Herz und eine Seele. Die beiden unternahmen lange Spaziergänge am See und brachten immer ein Eimerchen mit flachen Steinen mit.

»Deine Steine sehen richtig edel aus, Kindchen. Du hast ein Händchen für die richtigen Motive und Farben. Nicht der übliche Touristenkitsch. Kein Wunder, dass die sich so gut verkaufen.«

Charlotte war stolz, dass auch Henriette ihre bemalten Steine mochte.

Als Henriette von einem langen Spaziergang mit Macron zurückkam, fragte sie:

»Wusstest du, dass neben dem Wäldchen links von dir, ein neues Feriendorf entsteht? Die fangen sogar schon an, den Wald zu roden. Das wird ein Riesending, sag ich dir. Du wirst bald von Ferienhäusern umzingelt sein.«

Charlotte runzelte die Stirn. Sie hatte in der Tat manchmal Lärm gehört, je nachdem wie die Wetterlage war.

Jemand riss an der Glocke.

»Oh weh, da kommt Ärger ins Haus. Das ist Gawain.«

»Geh du mal in dein Zimmer. Ich mach das schon. Ich sage ihm, dass du nicht da bist.«

»Tante Henny! Du sprichst kein Wort Französisch!«

»Umso besser. Nun geh schon. Ich mach das schon.«

Und sie machte wirklich.

Gawain ließ verblüfft ein deutsches Donnerwetter über sich ergehen, setzte vergebens an etwas zu sagen und wurde von Henriette in Grund und Boden gestampft. Gawain schaute die rothaarige Frau erschrocken an und drehte ab.

»Geschafft. Er ist weg.«

»Ist dir eigentlich klar, dass das eben der Hauptverdächtige war? Dass er derjenige ist, der möglicherweise die Bremsen an meinem Auto manipuliert hat?«

»Dacht ich's mir doch, deshalb hab ich's dem auch richtig gegeben!«

Charlotte rief Dupuy an und erzählte ihm von dem Vorfall.

»Ich habe keine Ahnung, worum es ging, und meine Tante erst recht nicht.«

»Am besten schicken Sie mir Ihre Tante vorbei. Ich bin morgen im Dorfamt. Ach, übrigens, Sie brauchen nicht mitkommen, ich habe einen Dolmetscher bei mir.«

Charlotte glaubte am anderen Ende ein leises Lachen zu hören.

Am nächsten Tag packte Charlotte den Hund und ihre Tante in den Twingo und fuhr los.

»Ich habe noch was zu besorgen und bin in einer halben Stunde wieder da. Bis dahin müsstest du fertig sein.«

Eine halbe Stunde später stand Charlotte wie verabredet vor der Amtstür. Und wartete. Nach einer weiteren Viertelstunde ging sie rein.

»Hallo Isabelle, ist meine Tante noch drin?«

Isabelle war am Einpacken. Sie hatte Feierabend. Sie lächelte Charlotte verbindlich an und schüttelte den Kopf.

»Nein, der Kriminalhauptkommissar und Ihre Tante haben das Dorfamt schon lange verlassen.«

»Sie hat was? Wissen Sie, wohin sie gegangen ist?«

Isabelle zuckte mit den Schultern: »Tut mir leid, hat sie nicht gesagt. Keine Ahnung.«

Charlotte ließ Henriettes Handy durchbimmeln. Ihre Tante ging nicht ran.

Zuhause fand sie das Handy auf dem Küchentisch. Sie überlegte: Ob sie vielleicht bei diesem Gawain?

Ein kurzer Blick gegenüber bestätigte, dass drüben jemand zuhause war. Sie hastete über die Straße und klopfte polternd ans Küchenfenster.

Gawain öffnete zögernd.

Charlotte schleuderte ihre rote Mähne kämpferisch nach hinten und blaffte ihren Nachbarn an: »Ist meine

Tante bei Ihnen? So reden Sie doch, Mann, ist meine Tante in Ihrem Haus?«

Gawain schüttelte den Kopf und schloss das Fenster mit einem lauten Knall. Zwei rothaarige Furien in der Nachbarschaft waren für den alten Mann einfach zu viel.

Charlotte überlegte krampfhaft: ihre Tante hatte zur gleichen Zeit wie der Kriminalhauptkommissar das Dorfamt verlassen. Hatten sie sich getrennt? Oder waren sie zusammengeblieben? Ob die beiden etwa …? Sie versuchte sich selbst zu beruhigen: mit einem Kripobeamten im Schlepptau konnte ihrer Tante wohl kaum etwas passieren. Oder?

**D**ie Nacht schlich langsam über den See bis vor die hintere Terrassentür. Dort hielt sie kurz inne und blinzelte ins Küchenlicht. Dann legte sie ihren dunklen Mantel um das Haus, und das Dorf versank in Finsternis.

Charlotte setzte sich an den Küchentisch und griff zu den Steinen. Sie begann zu malen. Ablenkung tat Not.

Wo war Henriette?

Da, eine Wagentür schlug. Leises Lachen. Noch leiseres Gemurmel. Dann riss jemand an der Glocke.

»Tante Henny!!! Ich habe mir Sorgen gemacht. Wo warst du?«

Zehn Pfund Vorwurf waren zwischen den Sätzen zu hören.

»Ach, Kindchen, ich habe mit Maxime ein Glas Wein getrunken«, Henriette kicherte etwas albern,

»vielleicht auch zwei. Oder drei? Egal, dieser Kriminalhauptkommissar ist äußerst charmant und so gebildet. Wir hatten einen wunderbaren Abend zusammmen.«

Auf Charlotte stürmte ein Haufen Fragen zu. Erstens: Maxime? Zweitens: Wein? Drittens: wunderbarer Abend? Und dann: zu dritt mit einem Dolmetscher? Was war da los? Was ist da passiert?

»Ich bin müde, Kindchen. Morgen erzähle ich dir alles. Gute Nacht.«


Sie füllte ihren Becher bereits zum zweiten Mal und schaufelte nacheinander vier Löffel Zucker in ihren Morgenkaffee. Großzügig verteilte Henriette dicke Butterklumpen und üppige Honigschlieren auf ihr Croissant. Nach dem ersten Bissen platzte es aus ihr heraus:

»Sag mal, würde es dir was ausmachen, mich nicht mehr Tante Henny zu nennen?«

Charlotte setzte ihre Kaffeetasse ab und schaute überrascht zu ihrer Tante.

»Wie bitte? Ich habe dich mein ganzes Leben lang Tante Henny genannt, wieso plötzlich das?«

Henriette zierte sich etwas: »Na ja, das klingt so altmodisch. Ich bin gerade mal 16 Jahre älter als du. Henriette oder Henny würde völlig genügen.«

Charlotte runzelte ungläubig die Stirn.

»Warum so plötzlich dieser Sinneswandel?«

Die verstopften Schleusen vom letzten Abend öffneten sich, und es sprudelte aus Henriette nur so raus:

»Er ist acht Jahre jünger als ich, also ich …«, sie stockte kurz, »also ich finde diesen Mann höchst attraktiv und richtig amüsant. Da muss ich mich doch nicht noch älter machen lassen, als ich bin, oder? Außerdem spricht er fließend Deutsch. Er hatte Deutsch als Wahlfach in der Schule und machte seinen Militärdienst in Freiburg. Also Deal? In Zukunft bin ich Henriette für dich, von mir aus auch Henny, ja? Du würdest mir einen großen Gefallen tun.«

»Redest du eventuell von Kriminalhauptkommissar Dupuy, liebstes Tantchen?«

Henriette gab einen knurrenden Ton von sich, der Macron alle Ehre gemacht hätte. Wenn er denn knurren täte.

Charlotte spürte kurz einen kleinen Stich. Der einzige Franzose, der ihr Interesse geweckt hatte, fuhr auf ihre Tante ab. Und sie auf ihn. Aber dann freute sie sich für Henriette. Und nahm ihre einzige Chance wahr:

»Deal! Aber du nennst mich dafür nicht mehr Kindchen, okay?«

Henriette schlug ein.

»Abgemacht Kindch …, Charlotte. Du glaubst gar nicht wie glücklich ich bin, so einen tollen Mann kennengelernt zu haben. Ich fühle mich um Jahrzehnte jünger.«

Und Charlotte musste neidlos zugeben, dass man das auch sah.


Kriminalhauptkommissar Dupuy klebte gelbe Zettel auf eine Pinnwand im Vestibül. Beim näheren

Hinsehen erkannte man Namen, Notizen, Striche und Querverbindungen.

Er ging alle Notizen noch einmal durch und war sich sicher, dass es da etwas gab, das wichtig war, das er aber nicht richtig greifen konnte. Es war ganz nah, aber wo?

Er rieb sich die müden Augen.

Immer wieder schob sich ein Bild vor sein Gesicht. Das Bild einer attraktiven Frau mit einer roten Lockenmähne. Aber es war nicht das Bild des Anschlagopfers.

Er dachte an Henriette. Diese Frau war wie ein Wirbelsturm über ihn hereingebrochen. Sie war klug, sie war charmant, sie war attraktiv, sie war absolut sein Typ.

Ein Anruf hatte genügt, und der Kollege aus Deutschland, mit dem er vor zwei Jahren einen gemeinsamen Fall aufklären konnte und der ihm noch einen Gefallen schuldete, hatte ihm alle Daten übermittelt. Er hätte auch ihre Nichte fragen können, aber das wäre aufgefallen und wäre peinlich gewesen. Außerdem war er ungeduldig und kam so schneller an sein Ziel.

Er erfuhr, dass Henriette Witwe war, dass sie drei Kinder und mehrere Enkelkinder hatte, und dass sie in einem Frankfurter Vorort ein Haus besaß. Er wusste auch wann sie Geburtstag hatte, und dass sie acht Jahre älter war als er.

Maxime Dupuy strich sich nochmals über die Augen. Er war hoffnungslos verliebt.

Sein Blick wanderte wieder zu den gelben Zetteln. Natürlich zielten alle Verdächtigungen vorerst auf Charlottes Nachbarn Gawain. Der hatte alle Möglichkeiten ihr nahe zu kommen, und er war zu Magalis Lebzeiten in dem Haus ein- und ausgegangen. Vielleicht hatte er sogar einen Hausschlüssel. Aber was war das Motiv?

Dominique und Claude? Das lesbische Pärchen hätte leicht die Bremsen an dem alten R4 manipulieren können, aber die Spusi hatte dies ausgeschlossen. Es wäre zu dilettantisch, zu offensichtlich gewesen. Und von einem Motiv war da weit und breit keine Spur.

Das Wirtshaus-Ehepaar Lucille und Philippe? Hatten sie noch eine alte Rechnung mit den beiden verstorbenen Damen offen und waren auf Rache aus?

Maryse und Gisbert schieden für Dupuy aus. Beide waren ehrgeizig genug, ihre Zukunftspläne nicht aufs Spiel zu setzen. Zudem sich zwischen Charlotte und Maryse eine feste Freundschaft entwickelt hatte.

Seltsamerweise traute Dupuy der Gemeindesekretärin nicht über den Weg. Die war für ihn zu verbindlich, zu hilfsbereit, zu informiert. Immer mit einem kleinen „zu" zu viel. Dupuy grübelte: stille Wasser sind oftmals tief. Auf der anderen Seite fehlte auch hier ein sichtbares Motiv.

Christian und Doudou schieden für ihn eigentlich aus. Obwohl das Wörtchen „eigentlich" wiederum eine Einladung zum Gegenteil war. Christian würde vielleicht dem Dorf gerne den Rücken drehen und konnte spektakuläre Fälle auf seiner Karriereleiter gut gebrauchen. Und dieser Doudou war möglicherweise gar nicht so blöde, wie er tat.

Dupuy entfloh ein tiefer Seufzer.

Er hatte noch nicht alle Stammtischgäste vernommen. Es gab zwei Stammtischrunden, und die Vernehmung der Freitagsrunde lag noch vor ihm.

Er angelte nach der Liste von der Wirtsfrau aus dem „Hinkenden Hahn".

Charlotte schaute ihrer Tante zu, wie sie sich sorgfältig für ihr Rendez-vous zurechtmachte.

Henriette zog sich passend zu den sorgsam manikürten Fingernägeln die Lippen in einem leichten Violet nach. Der Kontrast zu ihrer roten Lockenmähne war apart. Dazu trug sie ein Leinenkleid, das eine Nuance dunkler war. Henriette war eine auffallende Frau. Ein Mann konnte sich unbenommen mit ihr schmücken. Auch ein jüngerer Mann.

»Sag mal, wer kümmert sich jetzt um Robin, wenn du nicht da bist?«

Henriette grinste ihre Nichte an. Sie roch den Braten.

»Willst du mich loswerden? Ich bin doch gerade erst angekommen.«

»Nein, nein, überhaupt nicht. Aber mal ehrlich, Winfried und seine Frau haben dich doch bislang bei jeder Gelegenheit ausgenutzt. Und deine anderen Kinder, bis ihr Nachwuchs aus dem Gröbsten raus war, ebenfalls. «

»Ganz genau. Und jetzt wird es langsam Zeit, dass sie auf ihre Brut selbst aufpassen. Außerdem wird Robin bald Vierzehn, da lässt sich kein Junge mehr von seiner Oma beaufsichtigen. Das müssen die Eltern langsam lernen.«

Charlotte staunte über den Sinneswandel ihrer Tante. Diese hatte alle Enkelkinder bislang immer gehütet und hätte am liebsten noch ein paar Kleinkinder mehr bemuttert.

Was so ein Mann alles bewirken kann?

»Was findest du eigentlich an diesem Kriminalhauptkommissar so toll? An seiner fachlichen Qualifikation kann es ja wohl nicht liegen. Bis jetzt ist er in meinem Fall noch kein Stück weitergekommen.«

Henriette funkelte ihre Nichte zornig an: »Wie denn auch? Mit zwei dörflichen Polizeitrotteln als Assistenten? Er arbeitet praktisch ganz alleine, weil die Hälfte seiner Kollegen mit einem Virus auf der Nase liegt, und die andere Hälfte hoffnungslos überlastet ist. Wir gehen jeden Tag die Fakten und Erkenntnisse durch und Maxime meint, dass ihm unsere Gespräche helfen würden. Er ist froh, dass er mit jemanden sprechen kann, dessen IQ nicht im Dorfweiher ersoffen ist.«

Charlotte war zerknirscht: »Es tut mir leid, Henriette, das wusste ich nicht.«

Henriette schnappte ihre Handtasche und rauschte davon.


Sie saßen sich in Dupuy's Arbeitszimmer gegenüber. Maxime hatte Henriette in die Bezirksstadt zum Essen eingeladen, und er packte ein paar Sachen vom Schreibtisch in die Schublade.

»Hat Charlotte inzwischen Neues von ihrer Bank gehört?«

»Ach was. Wann machen diese Banker endlich ihre Arbeit, frage ich dich? Seit Monaten vertrösten sie

Charlotte von Woche zu Woche und erfinden immer wieder neue Ausreden, um ihr Erbe nicht freizugeben. Das Finanzamt sitzt Charlotte im Nacken und meinem Steuerberater geht langsam die Puste aus, neue Aufschiebungen zu erreichen. Und von dem Testamentsvollstrecker kommen auch keine neuen Einblicke.«

Dupuy hörte aufmerksam zu.

»Ich dachte, das mit dem Erbe ginge klar?«

»Ja schon, aber die Bank mauert. Jeder weitere Tag spült denen zusätzliches Geld in die Kasse. Und dieser *Maitre* Millair, Charlottes Notar, kommt offenbar auch nicht weiter. Er hatte in den Unterlagen seines Vorgängers irgendwelche Notizen gefunden, die möglicherweise Charlottes Erbe um ein Beträchtliches erweitern könnten. Er wollte sich darum kümmern, aber bis jetzt hat er sich nicht mehr gemeldet.«

Henriette erzählte von dem handgeschriebenen Vertrag zwischen dem *démarcheur* und Charlottes Urgroßmutter, und dass weder bei der *IIBRBS* noch bei der Nachfolgeinstitution eine diesbezügliche Vereinbarung auffindbar sei.

Kriminalhauptkommissar Dupuy hatte keine Schwierigkeiten mit den Abkürzungen und machte sich eine Notiz, dass er unbedingt mit *Maitre* Millair Kontakt aufnehmen müsse.

Dann schnappte er die Autoschlüssel und hakte sich bei Henriette unter.

»Komm, laß uns von hier verschwinden, bevor das Telefon klingelt.«

In dem engen Vestibül des Wirtshauses war es heiß und Dupuy schwitzte. Der Sommer war schlagartig zurückgekehrt, und der kleine Tischventilator wirbelte die klebrige Luft durcheinander, ohne eine Abkühlung zu bringen. Er stellte das Gerät ab.

Vor ihm saß eine armselige Gestalt, Gustave, der dorfbekannte Säufer.

»Ich habe gehört, dass Sie sich jeden Freitag im „Hinkenden Hahn" zum Stammtisch treffen. Ist das korrekt, Monsieur Leclerc?«

Der Mann nickte eifrig. Er war einigermaßen nüchtern.

»Sind das immer die gleichen Leute, die da zusammenkommen?«

Wieder nickte der Mann. Er umklammerte mit zittrigen Händen seine Mütze und drehte sie unablässig zwischen seinen Fingern.

Dupuy las langsam die Vor- und Zunamen aus der Liste vor, die die Wirtin ihm aufgestellt hatte. Bei jedem neuen Namen blickte er Gustave an, und dieser nickte ihn ab.

»Fehlt noch wer?«

Gustave schüttelte den Kopf.

Nach ein paar weiteren belanglosen Fragen schickte Dupuy den alten Säufer wieder aus dem Raum.

»Der nächste bitte.«

Ein feister Mann mit schmalen Augen im aufgedunsenen Gesicht ließ sich schwer auf den Besucherstuhl fallen. Der Baustoffhändler bekam kaum die Zähne auseinander, als der Kriminalhauptkommissar ihn vernahm.

»Wie gut kennen Sie Madame Stetten?«

»Gar nicht.«

Wann haben Sie Madame Stetten das letzte Mal gesehen?«

»Gar nicht.«

»Kannten Sie Magali Moreau?«

»Ja.«

»Inwieweit kannten Sie sie?«

»Sie kaufte Kies bei mir.«

»Kannten Sie auch Eugénie Moreau?«

»Ja.«

»Inwieweit kannten Sie die alte Dame?«

»So wie man sich auf einem Dorf halt kennt.«

Mehr war aus dem Brocken von Mann nicht herauszubekommen.

»Der nächste bitte.«

Ein Alter mit nikotinverfärbten Fingern betrat das Zimmer und stieß fast mit dem Baustoffhändler zusammen.

»*Salut Aymeric, ça va?*«[22]

Der Mann brummelte etwas Unverständliches vor sich hin und eilte davon.

»Ihr Name ist Nicolas Robinet, Monsieur?

»Ganz richtig.«

Auch er drehte seine Mütze in seinen knotigen, gelben Fingern. Aber seine Stimme war fest.

»Wie alt sind Sie, Monsieur Robinet?«

»Zweiundneunzig, wenn's recht ist.«

---

[22] *Salut Aymeric, ça va? = Grüß dich, Aymeric, wie geht's?*

»Dann kannten Sie noch Eugénie Moreau, nicht wahr?«

Der Alte nickte eifrig mit dem Kopf: »Ja, und auch ihre Schwiegertochter Magali, und deren Tochter Charlotte. Die ganze Familie Moreau, auch Léon.«

»Ich hatte den Eindruck, dass Sie den Mann eben an der Tür auch ganz gut kennen. Woher kennen Sie ihn?«

»Na ja, wer kennt ihn nicht? Er ist der größte Baustoffhändler in unserer Gegend. Ich kenne Aymeric vom Freitagsstammtisch. Von seinem Vater habe ich nach seinem Tod die Kundschaft übernommen.«

Dupuy fragte: »Wie war das damals mit den *démarchers*, Monsieur Robinet? Erinnern Sie sich, können Sie mir darüber etwas erzählen?«

»Ach, wissen Sie, die Zeiten waren damals anders. Die Bauern waren einfache Leute, sind oft nur wenige Jahre in die Schule gegangen. Manche gar nicht. Die Frauen brachten in der Regel zwölf bis sechzehn Kinder zur Welt. Jede Hand zählte auf den Höfen. Viele Leute konnten nicht lesen und nicht schreiben, und die Armut war ein täglicher Gast in den Familien. Die *démarcheurs* hatten ein leichtes Spiel mit den Dörflern. Das Geld lockte.

Ich war der Jüngste in der Familie, hatte noch sieben Brüder, die alle auf dem Hof arbeiteten. Wir hatten den größten Hof im Dorf, dazu noch ein großes Stück Nutzwald. Meine Eltern wollten mehr für mich, ihrem jüngsten Sohn. Erst haben sie mich in die Volksschule, und mit einem Teil der Abfindung auf eine Landwirtschaftsschule geschickt. Ich war fleißig und hatte Glück. Ich habe mir eine Existenz aufgebaut, habe gut verdient und auch meinen Kindern eine gute Schulbildung mit auf den Weg geben können.«

Der Blick des Alten verlor sich in der Vergangenheit. Der Kriminalhauptkommissar räusperte sich und quetschte den bejahrten Mann noch eine Weile aus, der bereitwillig von den alten Zeiten erzählte.

Dann rief Dupuy die nächsten in das improvisierte Vernehmungszimmer.

Aber der wild zusammengewürfelte Haufen hatte nicht viel zu sagen, und Kriminalhauptkommissar Dupuy war nach den Vernehmungen so schlau wie vorher.

Alle mussten nach der Befragung noch zu Christian und Doudou, um Fingerabdrücke und Stäbchenproben abzugeben.

Die Laborkollegen im Hauptkommissariat bekamen zu tun.


Das Wetter hatte sich beruhigt, und die frühherbstlichen Tage kamen wieder zurück.

Maryse lud ein handverlesenes Publikum zur Eröffnung ihres Friseursalons ein. Aus jedem der drei Departements hatten die Regionalzeitungen ihre Reporter geschickt, der kantonale Radiosender war vertreten, selbst das regionale Fernsehen war anwesend. Und natürlich die gewählten Vertreter von Dorf und Kreis. Keiner wollte die Gelegenheit verpassen, in der Öffentlichkeit wahrgenommen zu werden. Ein paar Geschäftsleute, ein paar Freunde, potentielle Kunden und Gisbert, waren ebenfalls da. Alle kamen und

bestaunten die großzügigen, modernen Geschäfts-
räume, die Chefin und das Personal.

Maryse und Gisbert hatten sich nicht lumpen lassen. Es gab Champagner und Häppchen, eine angenehme Hintergrundmusik spielte leise. Alles stimmte.

Das weibliche Personal trug perfekt sitzende, aqua-
marinblaue Kittel mit rosa Paspeln. Alles ausnehmend
hübsche, junge Frauen, perfekt frisiert.

Eine dunkelhäutige Schönheit fiel aus dem Rahmen. Zum einen trug sie keinen Kittel, zum anderen
umrahmten eisgraue Dreadlocks ihr auffallend junges
Gesicht. Ihre Kleidung war bunt mit afrikanischen
Mustern, aber hypermodern geschnitten. Das Auffal-
lendste an ihr waren ihre Nägel. Wahre Kunstwerke
zierten jeden einzelnen Finger. Maryse stellte sie als
ihre neue Nageldesignerin vor.

Charlotte war mit Maryse in viele Friseursalons der
größeren Städte unterwegs gewesen. Sie hatten nach
Anregungen gesucht, Muster begutachtet, Gespräche
geführt. Ein paar Angestellte der Salons hatten aus
dem Nähkörbchen geplaudert und erzählt, dass in den
Dörfern und auf den Höfen viele Frauen an ihren Nägeln kauen würden und diese unschöne Angewohn-
heit erfolgreich durch eine Nagelhärtung bezwungen
werden könne. Und die Jungbäuerinnen seien besonders gute Kundinnen, da sie ihre strapazierten Hände
gerne mit künstlichen Nägeln aufzumotzen pflegten.

Charlotte bewunderte mehr und mehr die Professi-
onalität und den guten Geschmack ihrer Freundin
beim Aufbau ihres Geschäftes. Jetzt war sie, so wie
alle anderen Gäste auch, von dem Ambiente der Ge-
schäftsräume und dem Charme des weiblichen Perso-
nals beeindruckt.

Der vordere Salon war in modernen, kühlen, aquamarinblauen Tönen eingerichtet und hatte bequeme Ruheinseln nach amerikanischen Vorbild, in denen die Stammkundschaft und der künftige Zulauf mit einem Glas Crémant und rosa Biskuits aus Reims verwöhnt werden sollte. Dazu die neuesten Zeitschriften, von Klatsch und Tratsch bis zu den exklusiven Hochglanzbroschüren. In den hinteren Räumlichkeiten gab es Einzelkabinen mit funkelnden Apparaturen, wo sich die Kundschaft für gutes Geld um Jahre verjüngen lassen konnte. Dort war auch das Reich der Nagelartistin.

Maryse hatte von Charlotte für den Eröffnungstag winzige Steine mit dem Logo des Salons bemalen lassen, und jeder Besucher durfte in eine flache Schale greifen, um sich einen Stein herauszufischen. Bald war die Schale leer.

Die Chefin trug einen aquamarinblauen Hosenanzug zu ihrer frech geschnittenen asymmetrischen Frisur, und ihr dunkler Schopf tanzte von Besucher zu Besucher. Sie sprühte vor Lebenslust, und selbst Gisbert konnte seinen Blick kaum von seiner Ex-Frau wenden.

Henriette hatte ihre Mähne vertrauensvoll in die Hände von Maryse gelegt, und ihre roten Locken loderten an der Seite des Kriminalhauptkommissars. Sie war ein lebendiges Aushängeschild für den Salon.

Christian lehnte in Uniform lässig neben dem Eingang und beobachtete jeden Besucher. Er war im Dienst und sorgte für die Sicherheit und das Wohlergehen der Menge.

Sein Quadrat-Adjutant drückte sich auffällig nahe an den Champagnerflaschen und den Häppchen herum. Doudous obligatorischer Kaugummi hatte Pause und machte dem Edelgetränk in einem heimlich mitgebrachten Pappbecher und den Schnittchen, verstohlen in gefaltete Papierservietten versteckt, für einen kurzen Moment Platz.

Die Eröffnungsfeier war auch für ihn ein voller Erfolg.

Er saß in der Falle. Anfangs war es nur ein Spiel gewesen. Er wollte sie einfach nur loswerden, aber die Dinge liefen inzwischen aus dem Ruder.

Als Eugénie starb, fielen ihm und seinem Vater die Gelegenheit ihres Lebens vor die Füße. Der Testamentsvollstrecker hatte nach Eugénies Tod den Pachtvertrag nicht erwähnt, nur dass Magali ein lebenslanges Wohnrecht im Haus ihrer Schwiegermutter habe. Das war ihre Chance, und sein Vater stellte die Zahlungen ein.

Im Prinzip war der Wisch sowieso egal; Eugénies Vertrag war bis zur Unkenntlichkeit verunstaltet, und das geänderte Duplikat lag seit Jahren auf dem zuständigen Amt. Und dass über die Angelegenheit Gras wachsen würde, dafür hatte sein Vater über einen korrupten Beamten gesorgt.

Kein Mensch hatte damit gerechnet, dass Charlottes Tochter auftauchen würde. Wie konnte das nur passieren?

Anfangs dachte er, dass er die Stadtpflanze mit ein paar Gemeinheiten verprellen könne. Aber sie war zäh. Also blieb nur noch der fiktive Unfall, aber auch da bot ihm die Deutsche die Stirn.

Diese *boche*[23] musste weg. Irgendwie, nur wie?

Sie wollte ein paar Souvenirläden in der Kreisstadt der Haute Marne abklappern. Vielleicht würden sich ihre Steine ja auch dort verkaufen.

Macron war dabei, als Charlotte eine Ladung bemalter Findlinge in den Kofferraum schichtete. Er entpuppte sich als geniale Verkaufshilfe, wenn sie die Läden betraten. Die InhaberInnen und VerkäuferInnen waren von Macron verzaubert; das Hundchen eroberte im Nu jedes Herz. Warum nicht auch in Saint-Dizier?

Sollte sie die neue Umgehungsstraße oder lieber die alte Straße durch die Dörfer nehmen? Sie fuhr rechts am See entlang, schaute kurz zum Ufer des Viersterne-Campingplatzes; an dem hauseigenen Strand war nicht mehr viel los. Ein Vogelschutzgebiet zeigte auf der anderen Seite nur noch ein dünnes Rinnsal zweier Flüsschen, die in den See mündeten. Inmitten wilder Möhren, Thymian und Oregano boten die aufgetauchten Grünflächen weißen Reihern, Kormoranen und hunderten von kleinen Wasservögeln einen friedlichen Ruheplatz.

Bis zu dem nächsten, größeren Dorf begrüßten sie weiße, schokoladenbraune und roséfarbene Kühe auf den Weiden. Manchmal stand ein Reh am Waldesrand.

---

[23] Boche = Kohlkopf, Schimpfname für Deutsche

Charlotte hatte die Fenster um ein Drittel runter gedreht, und die nächste Ortschaft duftete an manchen Stellen noch immer schwer und süß. Charlotte schnupperte dem Duft nach. Die Gemeindeverwaltung hatte in regelmäßigen Abständen Rosen an weißen Rankhilfen auf die Bürgersteige pflanzen lassen, und einige Blüten strahlten und dufteten in ihrer letzten üppigen Pracht noch immer um die Wette.

Zum ersten Mal bemerkte sie auch die unscheinbaren Hinweisschilder zu einem Militärflughafen, der bei diesigem Wetter die Dorfbewohner rund um den See in heftige Gefühlsturbulenzen verwickelte. Wenn der Himmel grau und bedeckt war, flogen die Piloten der französischen Kampfjets liebend gerne ihre Manöver über dem See und über die Dörfer, nicht selten auch in Überschallgeschwindigkeit. Dann stiegen unzählige Flüche und Verwünschungen in den Himmel, drohende Fäuste verfolgten die Piloten.

»Verdammte Drecksäcke, die machen das extra.«

»Die lachen sich da oben ins Fäustchen und spucken auf uns runter.«

»Die dürfen nicht so tief fliegen und Überschall schon gar nicht, das ist verboten. Ich rufe den diensthabenden Kommandanten an, dem werde ich was erzählen!«

Mütter griffen nach ihren Kindern und zeigten nach oben: »Guck nur, da oben fliegen unsere Steuern.«

Aber heute war es ruhig, der Himmel strahlte in einem unschuldigen Blau ohne Unterbrechung, und die Kreisstadt streckte vorsichtig ihre Finger in das grüne Umfeld.

Die ersten Stadthäuser tauchten auf. Charlotte stieg in die Bremsen und fuhr langsam ein Stück zurück.

Eine Tafel kündigte die Stadt an, und ein kleiner Zusatz schmückte das Stadtschild: „Saint-Dizier, verschwistert mit Kaiserslautern und Parchim in Deutschland."

Parchim? In Deutschland? Nie gehört, wo sollte das denn sein?

In einem späteren Gespräch erfuhr sie, dass ein kommunistischer Bürgermeister aus Saint-Dizier im Jahr 1972 mit dem damaligen Bürgermeister, Heinz Moll aus Parchim in der DDR, eine Städtepartnerschaft eingegangen war. Ein aufsehenerregendes Vorgehen in dieser Zeit, da bekanntermaßen die SED in der DDR wenig mit dem Westen zu tun haben wollte. Aber dieser Marius Cartier aus Saint-Dizier war die treibende Kraft, und er stellte sich noch im Jahr 1986 im Namen der französischen Kommunistischen Partei zur Wahl. Zu einem späteren Zeitpunkt verschwisterte sich Saint-Dizier auch noch mit Kaiserslautern, und bis heute pflegen alle drei Städte eine rege Städtepartnerschaft.

Die Einkaufsstraße war übersichtlich. Die beiden großen, am Rand der Stadt liegenden Einkaufszentren ließen die kleinen Läden nach und nach verschwinden und nur noch spezialisierte Fachgeschäfte schienen zu überleben. In einem Buchladen, in zwei Geschenkboutiquen und in einem Schreibwarengeschäft konnte Charlotte ihre Steine in Kommission geben.

In einer kleinen, exklusiven Bildergalerie kam sie mit dem zufällig anwesenden Inhaber ins Gespräch.

»Ihre Steine sind hübsch, aber wir verkaufen keine Souvenirs. Wir verkaufen Kunst auf Leinwand, Kunst auf Papier, sogar auf Holz haben wir schon Malerei verkauft. Wir verkaufen auch Skulpturen, aber niemals Souvenirs. Es tut mir aufrichtig leid.«

Charlotte überlegte eine Weile: »Warten Sie bitte eine Minute, ich zeige Ihnen was.«

Sie ließ Macron in der Galerie zurück und stürmte zu ihrem Auto. Mit einem von Wasser und Wellen dünn geschliffenen Stein, fast so groß wie eine Fußmatte, kam sie wieder zurück.

Sie hatte den länglichen Stein am Strand gefunden und ihn quer mit einem maroden Holzzaun bemalt. Nach und nach füllte sie die Zaunpfähle mit winzigen, bunt angezogenen Menschen. Vor ihrem geistigen Auge hatten ihr die Touristen am See dafür Modell gestanden. Ab und zu fiel ein Menschlein aus den Zaunpfählen oder saß Eis schleckend auf einem der Pfosten. Zwei winzige Frauen balancierten in Badeanzügen auf einer Querstrebe, andere Geschöpfe purzelten zu Füßen des Zaunes oder kletterten an den Pfählen hoch. Der Betrachter hatte eine Weile zu tun, um die Geschichten erzählenden, drolligen Wimmelmenschen zu erkunden.

Der Galerist war begeistert und kaufte den Stein vom Fleck weg.

»Ich stamme ursprünglich aus Saint-Dizier und betreibe die Galerie meiner Eltern aus purer Nostalgie. Auch, um ab und zu der Hektik von Paris zu entkommen. Ich nehme Ihren Stein mit nach Paris. Dort habe ich noch eine Galerie und das entsprechende Publikum. Ich bin davon überzeugt, dass wir wieder voneinander hören werden.«

Sprach's und zahlte ihr einen unerwartet hohen Preis.

Von diesem Erfolg mutig geworden, stellte sie sich noch bei dem ortsansässigen Museum mit ihren Souvenirsteinen vor. Als auch dieses Gespräch zu ihrer Zufriedenheit klappte, war Charlotte mit ihrem Vorstoß in die Geschäftswelt der Bezirksstadt mehr als zufrieden.

Sie unternahm noch einen ausführlichen Bummel an dem schattigen Ufer der Marne, wo Macron zum ersten Mal die Bekanntschaft mit urbanen Hundedamen unbekannter Rassen machte. Er schnupperte neugierig an ihren ungewohnten Düften.

Als sie nachhause kamen, war das Haus leer. Macron schnüffelte in allen Ecken und winselte leise.

Henriette hatte keine Nachricht hinterlassen, und nach einer warmen Dusche kroch Charlotte müde in ihr Bett. Die Stadt war anstrengend gewesen, und sie war vollkommen erledigt. Macron legte sich in sein Körbchen zu ihren Füßen.

Nur ein halbes Stündchen schlafen war ihr letzter Gedanke.

Als sie aufwachte, blinzelte sie überrascht auf den Wecker neben ihrem Bett. Es war 21.00 Uhr. Sie hatte fast drei Stunden geschlafen.

Henriette war immer noch nicht da, und sie blieb auch über Nacht weg. In Charlottes Mundwinkel kroch ein leichtes Schmunzeln. Nun hatte es also endlich geklappt zwischen den beiden. Das war schon lange überfällig, und Charlotte gönnte ihrer Tante das kleine Abenteuer mit dem charmanten Kriminalhauptkommissar.

Die beiden waren ein schönes Paar.

Als sie am nächsten Morgen noch immer nichts von Henriette hörte, griff Charlotte zu ihrem Handy und rief ihre Tante an.

Der Anrufbeantworter sprang an.

»Hör mal Henny, muss ich mir Sorgen machen? Ich gönn dir ja von Herzen ein paar angenehme Stunden, aber lass doch bitte was von dir hören. Macron hat Sehnsucht nach dir.«

Und Charlotte auch. Es war schon ungewöhnlich, dass Henriette so gar keine Nachricht hinterlassen hatte.

Zwei Stunden später läutete Charlotte nochmal durch. Wieder sprang nur der Anrufbeantworter an.

»Hör mal Henriette, ich mache mir langsam Sorgen. Bitte rufe mich an, ich lasse sonst nach dir suchen.«

Charlotte meinte es ernst, und nach drei weiteren Stunden rief sie Kriminalhauptkommissar Dupuy an. Es war ihr peinlich, aber die Sorge um ihre Tante überwog.

»*Bonjour* Monsieur Dupuy, bitte entschuldigen Sie die Störung, aber ich mache mir große Sorgen. Ist Henriette zufällig bei Ihnen?«

»Henriette? Nein, wie kommen Sie darauf, dass Ihre Tante bei mir sein könnte?«

Charlotte druckste herum: »Also, es ist einfach so, dass ich meine Tante seit gestern Morgen nicht mehr gesehen habe. Ich war den ganzen Tag in Saint-Dizier und bin erst gegen 18.00 Uhr nachhause gekommen. Seitdem habe ich sie nicht mehr gesehen, und ans

Handy geht sie auch nicht. Ich dachte, dass sie vielleicht etwas wissen, dass sie vielleicht bei Ihnen ist?«

Dupuy musste wie ein Irrer durch die Dörfer gerast sein. Er stand keine 20 Minuten später vor Charlottes Haus.

»Wann haben Sie Ihre Tante das letzte Mal gesehen? Hat sie irgendwelche Pläne gehabt? Mit Ihnen darüber gesprochen?«

Charlotte konnte immer nur mit dem Kopf schütteln. Und begriff, dass sich der Kriminalhauptkommissar ebenfalls große Sorgen machte.

Dupuy schickte sofort einen Suchtrupp los. Ein paar seiner Leute hatten die Virusinfektion endlich überstanden und waren wieder einsatzbereit.

Sie kämmten stundenlang die Gegend durch.


**D**as Handy klingelte. Charlotte hechtete zu ihrem Telefon. Aber es war nur der Galerist aus Paris.

»*Bonjour*, Madame Stetten. Ich habe einen Kunden, der von Ihrem Steinbild begeistert ist. Könnten Sie sich vorstellen, für ihn eine Serie auf Leinwand zu malen?«

Charlotte glaubte, sich verhört zu haben: »Ich soll auf Leinwand malen?«

»Ja, er sammelt nur Gemälde. Aber, das kriegen Sie hin, da bin ich mir ganz sicher. Natürlich wird es erst einmal eine Umstellung für Sie sein. Die Farben verhalten sich auf einer Leinwand anders als auf Stein. Aber mein Kunde ist ein bekannter Sammler, und wenn der an Ihnen interessiert ist, bedeutet das für Sie eine große Chance. Er will vorerst ein Dreierserie von Ihnen, kriegen Sie das hin?«

Charlotte Herz machte einen kurzen Luftsprung, und sie versprach, sich etwas einfallen zu lassen.

Scheiße, verdammte Scheiße. Er hatte die Falsche erwischt. Es sah so einfach aus, als sie in der Dämmerung vor ihm stand, mit dem Rücken zu ihm, ohne diesen verdammten Köter im Schlepptau.

Er brauchte nur fest zudrücken. Erst wehrte sie sich, aber ihre Kräfte ließen schnell nach. Schneller als gedacht.

Diese einzigartige Gelegenheit, das rote Haar, die vielen Locken; er hatte ohne groß zu überlegen, einfach zugedrückt. Immer fester, bis zum bitteren Ende, bis zum widerlichen Schluss. Als sie zu Boden fiel, sah er ihr ins Gesicht. Verdammt, er hatte die Falsche erwischt.

Wohin nur mit ihr?

Der Kriminalhauptkommissar spitzte die Lippen. Endlich hatte er *Maitre* Millair erreichen können und was er von dem Notar erfuhr, sprengte alles Gewesene.

Plötzlich bekamen die Fakten ein neues Licht, eine andere Form. Er klebte die gelben Zettel um, machte sich neue Notizen, zog neue Striche, schaffte neue Verbindungen.

Dupuy hatte Henriettes messerscharfen Verstand immer zu schätzen gewusst. Henriette war jahrelang die rechte Hand eines Staatsanwaltes gewesen und hatte sich, außer Anklagen, Berichte und Durchsuchungsbeschlüsse zu tippen, stets ihre eigenen Gedanken über die Fälle gemacht.

Dupuy und sie hatten stundenlang Protokolle gesichtet, die Vernehmungen erneut abgeglichen, nochmals alle Möglichkeiten durchdiskutiert.

Immer wieder.

Es fiel ihm schwer, nur noch die Fakten zu berücksichtigen. Immer wieder sah er Henriette vor sich, wie sie zusammen jede neue Spur akribisch auseinander nahmen. Wie sie sich immer näher kamen.

Er schluckte schwer.

Er ging abermals alle Vernehmungsprotokolle durch. Die Gesichter der Befragten tauchten vor seinen Augen auf, er durchlebte jedes einzelne Verhör noch einmal.

Plötzlich zuckte er zusammen. Blätterte erneut in den Protokollen, vor und wieder zurück. Schaute sich seine Notizen noch einmal an.

Dann griff er zum Telefon.

Das erste Telefonat war nur kurz. Er stellte *Maitre* Millair eine einzige Frage, die dieser präzise auf den Punkt beantwortete. Das zweite dauerte wesentlich länger, aber schließlich bekam er das erhoffte Papier. Beim dritten Telefonat tat er sich schwer:

»*Bonjour* Madame Stetten, hätten Sie etwas dagegen, wenn ich mir Macron für eine Weile ausleihe? Ich will noch ein wenig am See laufen, und Macron könnte mich begleiten. Alleine macht das Joggen keinen Spaß, und Macron freut sich bestimmt über ein paar Runden.«

Eine lahme Ausrede, aber er hatte nicht vor, den wahren Grund zu nennen.

Charlotte rettete ihn vor weiteren Lügen.

»Das trifft sich gut, ich habe Maryse versprochen, ihr noch heute bei der Buchhaltung zu helfen. Macron kann den Geruch von Shampoon und Haarlack in ihrem Laden nicht ausstehen.«

»Perfekt, Sie bekommen ihn heute Abend vor Einbruch der Dunkelheit zurück.«

Dupuy hatte Henriettes vergessenen Seidenschal im Auto, als er den kleinen Hund hineinhob. Sofort fing das Hundchen an zu schnuppern und begann zu winseln.

Er fuhr direkt zu Christian, dem Dorfpolizisten. Auf der Fahrt erklärte er ihm kurz seinen Verdacht.

Der Platz lag einsam und verlassen in einem teilgerodeten Waldstück. Halbgeschlossene, weiße Plastiksäcke voller Unrat und Schutt türmten sich neben einem Stapel gefällter Bäume. Ein paar versiegelte Tonnen standen unter abgesägten Ästen und Laub versteckt dahinter.

Dupuy hielt dem Hund Henriettes Schal vor die Nase.

»Such, Macron, such! Der ist von Henriette, das ist Henriettes Schal. Such, mein Kerlchen, such!«

Es dauerte nicht lange, und Macron schlug bei einer der verschlossenen Tonnen an.

Zwei verlorene Menschen standen sich gegenüber und umarmten sich. Beide schämten sich ihrer Tränen nicht.

Sie standen zusammen und waren trotzdem allein. Sie fanden keinen Trost.

Der eine stürzte sich in die Arbeit, die andere suchte Beistand bei einem kleinen Hund.


Sie musste etwas tun, sie musste sich beschäftigen. Henriettes Tod brachte sie fast um den Verstand. Charlotte krempelte die Ärmel hoch und begann zu malen.

Nachdem sie den ungewohnten Umgang mit den Farben auf der Leinwand in den Griff bekommen hatte, malte sie zuerst die Steinversion auf das Gewebe. Danach ersetzte sie die Wimmelmenschen durch Wimmelblumen, und auf dem dritten Bild füllte und bemalte sie die maroden Zaunpfosten mit Wimmeltieren.

Charlotte betrachtete zufrieden das Ergebnis. Sie stellte sich vor ihre Bilder und ließ sich von den Wimmelchen ihre drolligen Geschichten erzählen.

Der Pariser Galerist und sein Kunde waren begeistert. Der Sammler sprach von einem neuen Auftrag, der Galerist von einer Ausstellung und über neue Gemälde.

Und Charlotte versprach, sich wieder etwas einfallen zu lassen.

Dupuy hatte das halbe Dorf in das wiedereröffnete Rathaus, in den neu renovierten Sitzungssaal, geladen.

Der Saal war freundlich in hellen Tönen gestrichen, und es roch nach frischer Farbe. Von dem Wasserschaden war im gesamten Erdgeschoss nichts mehr zu sehen.

Der Raum füllte sich schnell.

»Guten Tag und vielen Dank, dass sie alle gekommen sind. Es haben sich seit den letzten Tagen einige neue Erkenntnisse gezeigt, die ich Ihnen gerne vorstellen möchte.«

Ein kleiner Tumult baute sich auf.

»Was schwätzt der so geschwollen daher, er hat uns doch gezwungen, hierher zu kommen.«

Christian donnerte ein „Ruhe" in den Saal, untermalt von einer knallenden Kaugummiblase seines Quadrat-Adjutanten.

»Wie vielleicht die Älteren unter Ihnen noch wissen, verschwand Eugénie Moreaus Enkelin Charlotte vor vielen Jahren, und ihre Mutter Magali wusste auch nicht, was ihrer sechzehnjährigen Tochter zugestoßen war. Das ganze Dorf trauerte mit den beiden Frauen, die schon ein gewaltiges Paket an Seelenschmerz durch den Freitod des Sohnes beziehungsweise Ehemannes mit sich herumschleppen mussten.

Ich will hier nicht näher auf die Familienzwistigkeiten zwischen Schwiegermutter und Schwiegertochter eingehen, die letztendlich zu dem Verschwinden von Magalis schwangeren Tochter beigetragen hatten.

Die Jahre zogen ins Land. Und erst nachdem Magali zu Grabe getragen wurde, tauchte plötzlich eine junge Frau aus Deutschland auf, die behauptete, dass sie Eugénies Urenkelin und damit Magalis Enkelin sei. Wie sich herausstellte, hatte ein Notar all die Jahre den Deckel auf Eugénies Testament gehalten, um erst nach Magalis Tod nach dem verschollenen Kind zu suchen.

Fakt ist, dass der Nachfolger von besagtem Notar einen handgeschriebenen Vertrag aus dem Jahr 1963 zwischen einem *démarcheur* und Eugénie Moreau in dem Testament vorfand, der auf einem offiziellen Papier der *IIBRBS* geschrieben war. Darin wurde ein Grundstück über 34.000 Quadratmetern erwähnt, das den *démarcheur* als Pächter auswies und mit einer monatlichen Zahlung an Eugénie verbrieft war. Leider war die Katasternummer durch einen Fleck nicht mehr lesbar. Fakt ist aber auch, dass weder bei der *IIBRBS* noch bei der Nachfolgebehörde ein entsprechender Vertrag vorliegt.«

Im Saal breitete sich Unruhe aus.

»Bitte, meine Herrschaften, lassen Sie mich meine Ausführungen weiterführen: In Zusammenarbeit mit dem Notar von Madame Stetten haben wir letztendlich in alten Katasterbüchern einen Eintrag gefunden, der eine Querverbindung brachte. Der Eintrag verwies auf einen Vertrag aus dem Jahr 1963, auf dem Eugénie Moreau demselben *démarcheur*, bitte hören Sie gut zu, das gleiche Grundstück auch noch verkauft haben soll.«

An der Ausgangstür gab es ein Gerangel. Christian und sein Hilfspolizist überwältigten einen vierschrötigen Mann, der offensichtlich aus dem Saal flüchten wollte.

»Bleiben Sie ruhig hier, Monsieur. Es geht hauptsächlich um Sie, und wir sind alle sehr gespannt auf das Ende dieser Geschichte.«

Handschellen klickten.

»Ein Viehhändler wurde damals wegen seiner guten Verbindungen zu den örtlichen Bauern von der *IIBRBS* als *démarcheur* gewonnen. Er luchste der alten Eugénie mit einem fiesen Trick zwei Unterschriften ab: eine sollte einem Pachtvertrag dienen, eine andere einem Verkaufsvertrag, beide zu Gunsten des gleichen *démarcheurs* für ein- und dasselbe Waldstück am See. Und von Ihrem Vater, Monsieur Albert, und Eugénie Moreau am gleichen Tag unterschrieben.

Ihr Vater, Monsieur Albert, hinterließ der alten Eugénie aber nur die Vereinbarung, in der er sich zu einer monatlichen Pacht für das Waldstück verpflichtete. Die alte Dame dachte, dass durch das offizielle Papier alles seine Ordnung habe und bekam ja auch zeit ihres Lebens regelmäßig ihre Pacht. Als Eugénie verstarb, stellte Ihr Vater umgehend die Zahlungen ein. Er verwischte alle Spuren und wartete bis nach und nach Gras über die Angelegenheit gewachsen war.

Sie waren damals noch ein Kind, Monsieur Albert, aber ihr Vater erzog Sie in seinem Sinne und weihte Sie in seine Machenschaften ein. Sie brauchten nur noch warten, bis Eugénie und Magali verstarben und Sie ihren Baustoffhandel mit einer Baufirma vergrößern konnten. Damit war die Nutzung der Kaufurkunde frei. Alles war von langer Hand von Ihrem Vater und Ihnen geplant.

Aber dann tauchte plötzlich das verschollene Kind, die Urenkelin von Eugénie, die Enkelin von Magali, Madame Charlotte Stetten aus Deutschland, auf. Und wie Sie alle wissen, gab es seit der Ankunft der Verschollenen einiges Aufsehen im Dorf, und es ereigneten sich ein paar mysteriöse Dinge.

Seit ein paar Monaten liegt von Ihnen ein Antrag beim Kreisbauamt vor, Monsieur Albert, um eine neue Feriensiedlung auf dem benannten Waldgrundstück zu bauen. Aber der Antrag lief nicht ganz so glatt, wie Sie hofften. Sie bekamen durch den Bürgermeister ein Schreiben, um gewisse Unstimmigkeiten abzuklären. Dabei handelte es sich nur um eine Kleinigkeit, aber das wussten Sie damals nicht. Sie vermuteten mehr dahinter und bekamen Angst, dass alles herauskommen würde. So versuchten Sie zuerst mit viel krimineller Energie Madame Stetten zu vergraulen, und als das nicht klappte, trachteten Sie ihr nach dem Leben. Sie machten sich an den Bremsen von Madame Stettens Auto zu schaffen.«

Im Saal gärte es. Drohende Stimmen wurden laut. Christian und Doudou bauten sich vor dem Baustoffhändler auf, um ihn zu schützen.

»Ich bitte um Ruhe. Als alles an der starken Persönlichkeit von Eugénies Urenkelin scheiterte, mussten Sie stärkere Geschütze auffahren. Sie beschlossen Charlotte eigenhändig umzubringen. Charlotte stand Ihnen und dem Erbe Ihres Vaters im Weg. Sie, Monsieur Albert, erwürgten Ihre Widersacherin mit bloßen Händen.«

Die Meute war kaum noch zu halten. Die Menschen drohten und drängten. Christian und Doudou hatten alle Hände voll zu tun.

Dupuy fuhr fort: »Aber das Schicksal machte Ihnen wieder einen Strich durch die Rechnung. Sie hatten einen schwerwiegenden Fehler gemacht. Sie hatten sich in der Person geirrt. Statt Charlotte aus dem Weg zu räumen, erwischten Sie in der Dunkelheit ihre Tante Henriette.«

Der Kriminalhauptkommissar konnte kaum das Zittern und die Wut in seiner Stimme zügeln, dann fuhr er fort:

»Wir haben Henriette Campe gefunden, Monsieur Albert. Sie haben Henriette mit Ihren bloßen Händen erwürgt. Und Sie haben höchstwahrscheinlich Charlotte Stettens Bremsen in ihrem alten R4 manipuliert. Außerdem stehen Sie unter Verdacht, sich unberechtigten Zugang zu dem Haus von Madame Stetten verschafft zu haben.

Aber Sie haben Spuren hinterlassen, Monsieur Albert, trotz Ihrer eifrigen Bemühungen um Vertuschung. Wir haben im Haus von Madame Stetten Beweise gefunden, und auch in dem R4 von Madame Stetten gibt es Beweismittel, die auf Sie hinweisen. Und wir haben Ihre DNA am Hals von Madame Campe gefunden, Monsieur Albert.

Monsieur Albert, Sie werden hiermit wegen Mordes an Henriette Campe, wegen Mordversuches an Madame Stetten, und wegen Einbruchs und Sachbeschädigung im Hause Stetten verhaftet.«

Auf einen Wink des Kriminalhauptkommissars wurde Aymeric Albert aus den Saal geführt.

»Ich bedanke mich für Ihre Aufmerksamkeit und wünsche Ihnen einen guten Nachhauseweg.«

Charlottes Handy klingelte.

»*Bonjour* Madame Stetten, hier spricht Isabelle. I-
sabelle vom Rathaus. Unser Bürgermeister lässt aus-
richten, dass er gerne mit Ihnen sprechen möchte.
Könnten Sie heute Nachmittag um 15.00 Uhr ins Rathaus kommen?«

Charlotte war neugierig: »Wissen Sie Näheres, Isabelle? Worum geht's?«

Natürlich verneinte Isabelle die Frage, obwohl jeder wusste, dass der Bürgermeister immer und alles
mit der Gemeindesekretärin besprach.

»Schon gut, Isabelle, ich bin um 15.00 Uhr bei
Ihnen.«


Der Form halber schloss der Bürgermeister hinter
Charlotte die Bürotür.

»Mein aufrichtiges Beileid zum Tod Ihrer Tante,
Madame Stetten. Wir sind alle sehr betroffen über die
Umstände zu ihrem Ableben.

Ich will nicht lange um den heißen Brei herumre-
den. Es geht um Ihren Wald, den Sie ja inzwischen
wieder in Ihrem Erbe, also in Ihren Besitz, bekommen
haben.«

Der Bürgermeister hüstelte nervös.

»Kurz gesagt, wir sind an dem Grundstück interessiert. Wir wollen nicht, dass der Wald am See weiterhin für neue Ferienwohnungen abgeholzt wird. Der
Gemeinderat und ich, wir haben uns überlegt, dass wir

auf dem bereits urbar gemachten Teil ein integratives Kinderdorf für Waisenkinder bauen möchten, und der restliche Wald am See unangetastet bleibt. Was halten Sie davon?«

Charlotte dachte an ihr eigenes Schicksal, das sie vor einem Waisenhaus bewahrt hatte.

Sie fragte nach: »Wie soll das Projekt genau aussehen?«

Der Bürgermeister schien aufzublühen und zog einen Plan aus der Schublade.

»Sehen Sie hier, Madame Stetten, hier steht Ihr Haus, und daneben, das ist Ihr Wald. Auf der linken Seite hat Monsieur Albert einen Teil Ihres Waldes bereits gerodet. Darauf könnten wir 20 Häuser, Spielplätze, Sportplätze und einen Dienstleistungskomplex bauen. Die Häuser wären für Pflegeelter mit vier Kindern pro Haus gedacht, die in gemischten Gruppen bis zu ihrer Selbstständigkeit in dem Kinderdorf leben könnten. Die Kinder würden in einer schönen und gesunden Gegend aufwachsen, und Schul-, Ausbildungs- und Arbeitsplätze würden zusätzlich geschaffen. Der restliche Wald verbliebe in der Gemeinde und würde nicht mehr für Bauprojekte freigegeben.«

Charlotte fing Feuer.

»Integrativ bedeutet, dass ein Teil der Waisen behindert ist, richtig?«

»Genau. Die Kinder würden in einem gemischten sozialen Umfeld aufwachsen, zudem könnten wir Subventionen beantragen, um das Projekt zu finanzieren.«

Charlotte zögerte nicht lange.

»Setzen Sie sich wegen der Modalitäten bitte mit *Maitre* Millair in Verbindung. Wenn Sie sich einig werden, steht Ihrem Projekt nichts mehr im Wege.«

Der Bürgermeister war noch nicht fertig.

»Ähem, wir dachten daran, das Kinderdorf nach Ihrer verstorbenen Tante zu benennen.«

Zu viele Dinge waren inzwischen passiert, und Charlotte hatte lange nicht mehr an die Tagebücher ihrer Urgroßmutter gedacht.

Die Handschrift von Eugénie war mit der Zeit immer dünner, immer zittriger geworden.

Sie fuhr fort zu lesen:

Ich bin müde. Müde und alt geworden. Diese ständigen Streitereien mit Magali haben mir jegliche Lebensfreude genommen. Und jetzt macht mein Herz nicht mehr mit.

Magali sucht im Altenheim bereits nach einem Platz für mich. Sie sei zu schwach, um mich zu pflegen erzählt sie im Dorf. Für sie ist es nur noch eine Frage der Zeit, wann und wohin sie mich abschieben wird.

Ich war schon zweimal im Krankenhaus. Immer wieder haben sie mich auf die Beine gebracht. Aber ich spüre es, ein drittes Mal wird es nicht mehr klappen...

Aus der letzten Seite fiel ihr ein handgeschriebener Zettel entgegen. Hastig las sie die Zeilen, die da in schwungvollen Lettern standen: „Engelbert, Goethestraße 1, Frankfurt."

Charlotte stürzte zu ihrem Laptop und begann fieberhaft zu tippen.

Plötzlich hallte ein Schrei durchs Haus.

Macron kam angerannt und schaute besorgt zu seinem Frauchen. Er legte seine Pfoten auf ihr Knie und winselte leise.

»Alles gut, Macron. Wir werden verreisen, und du wirst meine Heimat kennenlernen. Wir werden nach Deutschland fahren, nach Frankfurt, aber nicht nach Frankfurt am Main. Wir werden in das andere Frankfurt fahren, im Osten des Landes. Und dort werde ich meinen Vater finden.«

# Kleines Wörterbuch

**A**

**Abbé**              Priester

**B**

**boche**             Kohlkopf, Schimpfwort für Deutsche

**bonjour**           Guten Tag

**C**

**Crédit Agricole** Landwirtschaftliche Genossenschaftsbank

**D**

**démarcheur(s)** Kundenwerber

**Doudou**            Schmusetuch für Kleinkinder & Neckname
für Erwachsene

**E**

**EPTB Seine Grands Lacs, Etablissement public territoral
de bassin Seine Grands Lacs**     Nachfolgerin der IIBRBS

**Excusez-moi, madame**    Entschuldigen Sie bitte, gnädige
Frau

**G**

**Galette**           bretonischer Pfannkuchen

**Gare de L'Est**     Ostbahnhof Paris

**I**

**IIBRBS, L'institution interdépartementales des barrages
réservoirs du bassin de la Seine**
Staatliche Körperschaft für die Wasserwege der Seine

## L

**l'amour pur**     frei übersetzt: Liebe machen, mit jemanden
Schlafen

## M

**Maitre**     Notar

**Merde, trois fois merde.**     Scheiße, drei Mal Scheiße

**moules frites**     Muscheln mit Fritten

## P

**petit rouge**     kleines Glas Rotwein

**petit noir**     kleine Tasse schwarzer Kaffee

**pot au feu**     nordfranzösischer Eintopf

## R

**resistance**     Widerstand

## S

**Salut Aymeric, ça va?**     Grüß dich, Aymeric, wie geht's?

**SNCF**     staatliche französische Eisenbahn

**souvenir engloudi**     versunkene Erinnerung

## W

**WC unisex**     geschlechtsneutrales WC

# *Merci*

- an meinen Zeitzeugen Jean Charuel († 2024)

- an den Bürgermeister von Giffaumont-Champaubert, Jean-Pierre Calabrese

- an die L'Association touristique des Amis du Lac in Sainte Marie du Lac

- an die L'Association Culturelle et Touristique du Der-Chantecoq in Giffaumont

# Über die Autorin

Linde Richter bringt als Autorin und Interpretin aus dem politischen Kabarett langjährige Erfahrung im Schreiben ein. Das Spiel mit Worten ist gereift und baut auf die Basis von drei Jahren Sprachstudium und Jobs in Paris und London sowie an der Costa Brava auf. Stationen wie Vier-Sterne Hotels in London, Positionen in einer amerikanischen Fluggesellschaft und für ein internationales Unternehmen der Luft- und Raumfahrttechnik ergänzen dies. Die erfolgreiche Integrationsberatung für internationale Klienten ist dabei das Kommunikations-i-Tüpfelchen der Autorin.

Heute lebt Linde Richter wenige Kilometer südlich von Frankfurt am Main und hat sich einen Jugendtraum erfüllt. Sie kaufte ein altes Fachwerkhaus in der Champagne, das sie jeden Sommer mit viel Begeisterung als Ferienhaus nutzt. Dort beginnt die Autorin meist ihre neuen Werke zu schreiben.

# Über Brücken, Mücken und andere Tücken

Ein Kreuzfahrtkrimi auf der Loire

Linde Richter

Leoni hat den langweiligsten Job auf Erden. Das Aufregendste daran sind ihre Nachtschichten. Sie arbeitet als Apothekerin in einem in die Jahre gekommenen Kreiskrankenhaus und hat ein Verhältnis mit ihrem verheirateten Chef. Der ist mindestens so langweilig wie ihr Job.

Sie hat noch nie gewonnen. Wie auch? Sie löst keine Kreuzworträtsel, nimmt an keinem Preisausschreiben teil und hat auch noch nie im Lotto gespielt. Ihre beste Freundin schon.

Die gewinnt den ersten Preis bei einer Sparlotterie ihrer Sparkasse: zehn Tage Flusskreuzfahrt auf der Loire für zwei Personen. Und Leonie darf mit. Sie träumt bereits von vorbeigleitenden Landschaften, von traumhaften Schlössern, von lauen Abenden in netter Gesellschaft, von französischen Delikatessen und exquisiten Weinen. Das volle Programm. Bis, ja bis der Kreuzfahrtdampfer immer mehr schrumpft, die Besatzung immer seltsamer, und die Gäste immer skurriler werden.

Kuriose Dinge geschehen an Bord. Und auch die Freundin verbirgt ein dunkles Geheimnis. Und da ist auch noch diese rätselhafte Tinktur, die ihre finnische Kollegin ihr anvertraut hat. Und ein fest verschnürtes Päckchen, das so manche Begehrlichkeiten weckt.

Paperback       ISBN 978-3-7568-4087-8

EPUB            ISBN 978-3-7568-0552-5

# Wortschätzchen

Kurzgeschichten

Linde Richter

Kunterbunte Kurzgeschichten in einem Mix voller Abenteuer, Krimi, Mystik, Utopie und Romanzen. Manchmal nachdenklich, oft vergnüglich und immer mit einer guten Portion Augenzwinkern. Kunterbunt, wie versprochen. Hier einige Auszüge:

📖 Vergessen Sie einfach alles, was Sie bislang von Wolke Nummer 7 gehört haben. Alles nur Lüge. Engelchen, die mal eine Dummheit gemacht haben, sitzen da oben und haben Hausarrest. Und was sie da oben erleben, das glaubt kein Mensch …

📖 Premierenstimmung. Seine Hände flatterten über den Garderobetisch, und er stieß gegen den halbvollen Kaffeebecher. Das Lampenfieber kroch unbarmherzig in ihm hoch und fraß sich durch sämtliche Poren. Seitdem die Fernsehauftritte immer weniger wurden, tingelte er nur noch über die Kleinstadtbühnen der Republik. Er atmete tief durch …

📖 »‡Œšæššæš‡Œ«, nie gehört? Kein Wunder, der Bot auf dem Planeten Erde war noch mit diesem alten Webdingsbums programmiert, und man musste den Translator aktivieren, um ihn zu verstehen. Es war die letzte Welle und ganze Kontinente wurden ausgerottet. Nur ein paar Deutsche, Schweizer und Österreicher hatten sich zusammengerottet, um auf der Erde zu überleben…

Paperback      ISBN 978-3-7543-5377-6

EPUB      ISBN 978-3-7543-7629-4

# Die bestellte Frau

Roman-Thriller

Linde Richter

Linda hat einen aufregenden Job. Sie arbeitet für eine amerikanische Fluggesellschaft und ist viel unterwegs. Offiziell kümmere sie sich um Probleme mit unzufriedenen Passagieren, inoffiziell darum, dass der Ruf ihrer Fluglinie nicht beschädigt wird. Linda ist mit allen Wassern gewaschen und lässt sich unkonventionelle Lösungen einfallen, die auch meist vergnüglich ausgehen.

Privatleben ist für Linda ein Fremdwort bis sie einen charismatischen Politiker trifft. Es beginnt gewaltig zu knistern. Doch der Politiker ist ein vielbeschäftigter Mann, der in der Öffentlichkeit steht und außerdem verheiratet ist. Das bringt fast unlösbare Probleme mit sich. Doch Linda wäre nicht Linda, um nicht Lösungen zu finden. Ein Netz von Heimlichkeiten muss geknüpft werden, und das Versteckspiel beginnt. Und da sind auch noch die Leibwächter und die Ehefrau des Politikers.

Linda jongliert mit dem Jetzt und mit dem Morgen und wird mehr und mehr zu einer bestellten Frau. Das gefällt der lebenslustigen Linda ganz und gar nicht. Plötzlich passieren unerklärliche Dinge, und es kommt fast zu einer Regierungskrise. Doch Linda weiß wie man Probleme löst, und am Ende hallt nur noch Gelächter durch die Nation.

Paperback       ISBN 978-3-7494-8715-8

EPUB            ISBN 978-3-7481-7921-4

# Champagnerperlen süß-sauer

Roman-Thriller mit 15 Rezepten aus der Champagne

Linde Richter

Lilly hasst Entscheidungen. Seit einem Jahr und drei Wochen muss Lilly sich ganz alleine entscheiden, denn ihre Scheidung war fraglos nicht ihre Entscheidung gewesen. Ein Umzug steht an. Große Dachwohnung mit kleinem Balkon? Oder kleine Erdgeschosswohnung mit großer Terrasse? Ihr Verlag will einen gastronomischen Wegweiser herausbringen, Schwerpunkt französische Spezialitäten mit einem kulinarischen Wörterbuch, und Lilly soll darüber schreiben. Auch hier steht eine Entscheidung an.

Ob sowas gelesen wird? Ihre Literaturagentin sagt Ja, und Lilly zieht für ein ganzes Jahr in ihr französisches Ferienhaus. Sie futtert sich durch gewöhnungsbedürftige Spezialitäten und exquisite Köstlichkeiten, und sie sammelt leckere Rezepte aus ihrem Umfeld.

Neue Abenteuer rund um das Eulenhaus bestimmen ihr Leben am Lac-du-Der Chantecoq. Ungewöhnliche Nachbarn, zwei mysteriöse Todesfälle und ein Sturm, der mit 180 Stundenkilometern durch das Dorf fegt, bringen ihren schöpferischen Zeitplan haltlos durcheinander. Und da ist auch noch Heudebert, und wieder muss sie sich entscheiden …

Paperback      ISBN 978-3-7534-0769-2

EPUB            ISBN 978-3-7534-8560-7

(Auch in französischer Sprache erhältlich)

# Und immer ist es der falsche Job

Ein Kleinstadtkrimi vor den Toren einer hessischen Großstadt

## Linde Richter

Gitti hat Geldsorgen. Frisch geschieden, zieht die Frührentnerin in das ehemalige Versorgungshaus einer Seniorenresidenz. Ihr Umfeld hat viel Zeit und beobachtet Gittis Privatleben neugierig. Gitti versucht sich in aufregenden Nebenjobs und wird unfreiwillig in komische Situationen, menschliche Turbulenzen und packende Todesfälle verwickelt. Die ehemalige Versicherungsagentin hat einschlägige Erfahrungen im investigativen Bereich und unterstützt – nicht ganz freiwillig – Kriminalhauptkommissar Wolfram, der ihr immer wieder über den Weg läuft. In der Kleinstadt tobt der Bär. Kein Wunder, denn …

- wieso hängt ihr italienischer Nachbar kunstvoll verschnürt im Sadomaso-Bereich eines Bordells, und was hat Gitti dort zu suchen?
- weshalb interessiert sich Gitti plötzlich für lokale Politik, und wodurch wird sie in Kleinstadtintrigen mit Todesfolgen verwickelt?
- wozu muss Gitti am Flughafen Koffer zählen und illegale Pillen kaufen, und woher kennt sie einen toten Golfspieler aus New Delhi?

Die Antworten finden Sie in dem Buch der Autorin.

Paperback     ISBN 978-3-7494-2171-8

EPUB          ISBN 978-3-7494-8756-1

# Maison Chouette

## Mein Ferienhaus in der Champagne

Roman

Linde Richter

Den Wohnwagen hatten sie geerbt, die sechzigtausend Euro Barvermögen bekam der örtliche Geflügelzuchtverein als Grundstein für sein neues Vereinsheim. So ungerecht kann das Leben manchmal sein.

Lilly und Andreas verbringen ihren ersten Urlaub in dem betagten Wohnwagen auf der Wiese ihrer Freunde, die sich vor zwei Jahren ein marodes Ferienhaus in der Champagne gekauft hatten. Dort erleben sie die anstrengenden Versuche ihrer Freunde, ein Minimum an Komfort in das 300 Jahre alte Fachwerkhaus zu bringen. Und sie lernen Land und Leute kennen. Den Wohnwagen dürfen sie auf der Wiese stehenlassen, aber den zweiten Urlaub müssen sie ohne ihre Freunde im Land der Gallier verbringen. Dort treffen sie Engländer, die nicht grillen können und lernen das Paradies kennen, ohne dass sie sterben müssen.

Im Dorf brodelt die Gerüchteküche. Die Ereignisse überschlagen sich. Wer hat mit wem und warum eigentlich? Das will keiner so richtig gerne wissen, doch Lilly findet einen Schatz, und alles passt wieder zusammen. Und plötzlich sind die beiden stolze Besitzer des alten Fachwerkhauses.

Paperback   ISBN 978-3-7481-8318-1
EPUB        ISBN 978-3-7481-7644-2

(Auch in französischer Sprache erhältlich)